椎名麟三の文学

中島妙子・著

はじめに

私が椎名麟三を始めて読んだのは十五歳の時、「美しい女」である。タイトルに惹かれて図書館で借りた新刊で、ワクワクしながら読んだのだが、読後感は今一つであった。

正直なところ、私には主人公木村末男と妻克枝の関係がよく理解できなかった。まだ経験値がごく浅い私にとっては当たり前であったのだが、同じ頃に読んだ三島由紀夫の「仮面の告白」の衝撃には比べようもなかった。

その後も戦後派作家といわれる一群の流行作家への月刊誌による濫読は続くのであるが、焼け跡作家、戦後派作家とも呼ばれ戦後派作家の騎手と称された椎名麟三への関心は特別なものへはならずに、むしろ梅崎春生や武田泰淳や檀一雄といった作家を好んで読んだように思う。

恣意的な濫読癖はやがて三島由紀夫から大江健三郎へと移っていき、以後永らく大江健三郎に留まることになる。

大江健三郎の作品は最初、そう読みやすくはなかったが、なぜか立ち止まってしまい、刊行されると買って読んだ。

今でも私の書庫には大江の作品群はほぼ刊行順の姿のまま収まっている。大江を読んでいてそのうち気づいたことがある。

私は大江と同じ生年である。障害を持って生まれた子どもの出生を怒り、呪い、否定しながらも否応なく否応なく生命体として享受して、対峙しながらも苦悩しつつ、やがて和解し、受容して、共生していくという耐え難くも重い体験と経緯が、大江文学の重要なテーマとなり、同時に時代を共に生きているという苦悩と実感が深い共感となり、私を彼に惹引させている大なる要因であり、刻々と変貌していく時代を共有しているという信頼感が、私が彼の作品を購入しては読むという行為に直結させているのだと想えるようになったのである。

それからの長い職業人生活を経て「燃え上がる緑の木」で彼とは一応の決別をした。同時に退職し、転居して復刊した姫路文学に再び参加して短い小説を書くようになった。同じ姫路市で、既に発足していた「椎名麟三を語る会」の会員となり、時々会合にも参加するようになった。姫路出身の著名な戦後派作家椎名麟三の研究者の方がたの真摯な知見に触れているうちに、長い間離れていた作家椎名麟三との距離が近づき始め、再び作家椎名麟三を読んでみるようになった。

「語る会」の先輩の研究者の方々は会長斎藤末広先生、高堂要氏、「種の会」を始めとして、作家椎名麟三がクリスチャン作家であることを自明のものとして研究されていて、私の未熟な疑問は、問う機会を得ないままに、むしろその雰囲気に涜神の後ろめたさを覚えたりさえしていた。しかし、私の抱いた本質的な素朴な疑問はそのままに、どこかで燻りつづけていた。

それ以後も、椎名麟三を読んでいくうちにどうしてもそこで立ち止まらざるを得なくなった。

私は椎名麟三の文学研究者でもないし、目的を持った学究でもない。たまたま作家椎名麟三に関心をもつ一読者にすぎない。そうした観点から正直に椎名麟三作品を読んでもよいのではという思いに至ったのである。以後はそれから自由になって作品に向かうことができるようになった。

元来文学作品とはそうしたものではないのか。作品は誰にでも開かれているし、誰のものでもないのではないか……と。

そういうわけで、「姫路文学」に掲載した七つの拙小品をここに一冊に纏めることにした。一人でも二人でも興味のある方に読んでいただけると拙い作品を書き上げた冥利に尽きるというものである。

二〇二一年七月

中島妙子

目次

椎名麟三とヘルマン・ヘッセ『荒野の狼』

このところ、また、椎名麟三を手にしている。

没後すでに三十九年になるが、姫路市の出身であり、地元の姫路文学館には、その業績や資料が常設展示されており、一九九七年についで昨年(二〇一二)も特別展が開催された。加えて、十数年におよぶ地元研究会の活動もあって、姫路では、現在も、かなり身近に馴染まれている。

そういうわけで、私が読み返しはじめたのにも特段の理由があるわけではない。あえて一つ、それらしいものがあるとすれば、一昨年(二〇一一)三月十一日に起きた東日本大震災と、それ以後、私たちのまわりで吹いている風のにおいのせいかもしれない。

椎名麟三といえば、第二次世界大戦に敗れて連合軍に無条件降伏をし、焦土となって荒廃した戦後の日本に出現した戦後文学の旗手という位置づけが一般的である。

しかし、そういう文学史的な枠から自由になった視線で、時代と自己を見つめて闘いつづけながら生きた一人の作家の〈魂の記録〉としての側面から、作品を読んでみたいとおもう。

　こういうとき、文学作品というのは、読者にとっては実にうれしいものである。基本的に、百人百様の読み方が許される。それぞれが、自分の感受性で切りとればいいだけで、それを客観的に検証する必要もない。ほしいままに作品に入り込めばよい。

椎名麟三が少年時代を過ごした家（姫路文学館提供）

　と、いうわけで、いま、私の恣意の至るところに、椎名麟三が佇っているのである。

*

椎名麟三の作品、ことに、『邂逅』以降のものを読むとき、どうしても、キリスト教信仰者としての椎名麟三を、私は、強く意識してしまう。

　それは、受洗してキリスト者になったという事実もさることながら、〈何故、キリスト者になったのか〉というそのところで、立ち往生してしまうからである。〈何故？　どうして？〉の疑問が常に私を刺激する。

で、今回、そこに立ち止まって、すこし拘ってみたい。

まず、椎名麟三が小説を書くようになった内発動機の最たるもの、〈転向〉の前後の経緯について、同じ頃に転向した太宰治と比べてみよう。

太宰治が、当時同棲していた小山初代の同棲する前の過ちを知ってショックを受け、かなり深入りしていた左翼運動を放棄して、長兄の説得に従って、青森警察署に出頭し、転向を誓ったのが一九三二年、二十三歳のときである。この年二つ歳下の椎名麟三は、懲役四年の判決を受け、控訴している。

太宰治は、左翼運動への決別直後から、内村鑑三の著作を通して、キリスト教に急接近し、〈神は愛〉とくりかえす内村鑑三の〈信仰〉に引き込まれていく。

太宰治をキリスト教に接近させたものは、少年時代に愛読したトルストイの『復活』など、キリスト教への回心を主題にした文学作品に因ると、指摘する人もある。

一方、椎名麟三は、太宰治が転向した翌年の一九三三年、二十二歳のとき、未決の独房で、誰が差し入れたかも分からないニーチェの『この人を見よ』という文庫本を、偶然、読んだことが、転向上申書を書く動機の一つになったと明言している。

同じ年に懲役三年執行猶予五年の判決を受けて、未決の刑務所を出る。が、それはもちろん解放ではなく、それ以後続く執行猶予五年の長い時間が、特高の監視という新しい見えない檻に椎名麟三を閉じ込めることになり、心身ともに捕囚となる。

特高の警戒の目を和らげながら生きるには、一般社会に過不足なく適応して自立しなければならない。

椎名麟三は、思想犯というラベリングを注意深く隠し、学歴を詐称して、選択肢の少ない中から生きるための仕事を探し、結婚する。

二十三歳のときの祖谷寿美子との結婚は、後年、作家となった椎名麟三が、作品のなかでさまざまに描いた女性像を思い浮かべてみると、たいへん象徴的である。

きちんと働き、家族を持つという社会的な適応、つまり、目に見える形としての外見の自分、外的自己が、妥協の産物であればあるほど、だんだんそれが、安定という形で固まっていくにつれて、椎名麟三の内なる自己、椎名麟三を椎名麟三たらしめている内なる自己が、勃然としてこころの深奥からせり上がってきた。

〈私は何者だ〉〈私は生きているのか〉〈私を閉じ込めるな〉〈私を生きさせよ〉〈私を解き放て〉〈私が何者なのか、私をして知らしめよ〉……と。

椎名麟三は、このような自己の内なる叫びに応えようとしてひたすら読書する。「私は本をよみつづけていたのだ。生きたかったし、自由がほしかったからである。社会的自由はマルクス・レーニン主義で解決がつく。だが、私にとって問題だったのは主体的自由だったのである」……。

ニーチェからキルケゴール、ヤスパース、ハイデッガーへと西欧実存主義哲学を読み進んだが、答えを見つけることはできなかった。

キルケゴールの『死に至る病』に近しいものを感じはしたが、その前提となるキリスト教的信仰にはついていけなかったのである。

大学を出ていると偽って入った会社では、大学出の社員と肩を並べて熱心に仕事をし、高い評価を受けたが、こころの内は常に虚無が支配して、「死にたいが死ねないから生きていた」だけだった。

そして、再び、ニーチェに戻る。（ここのところに、椎名麟三の性格の一端がうかがえるようで興味深い）

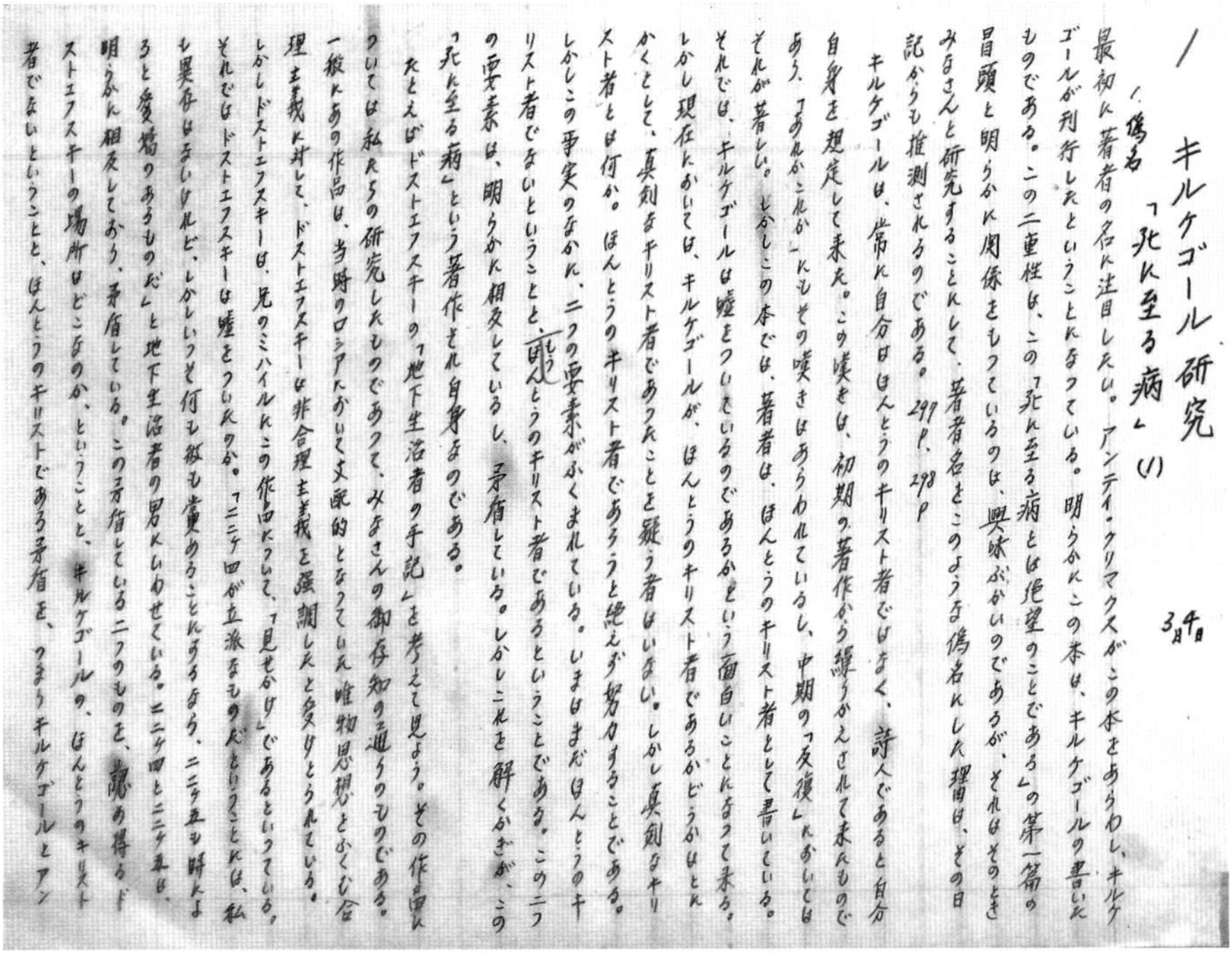

1

キルケゴール研究

1. 偽名　「死に至る病」(1)

3月4日

最初に著者の名に注目したい。アンティ・クリマクスがこの本をあらわし、キルケゴールが刊行したということになっている。明らかにこの本は、キルケゴールの書いたものである。この二重性は、この「死に至る病とは絶望のことである」の第一篇の冒頭と明らかに関係をもっているのは、興味ぶかいのであるが、それはそのときみなさんと研究することにして、著者名をこのような偽名にした理由は、その日記からも推測されるのである。297p. 298p

キルケゴールは、常に自分はほんとうのキリスト者ではなく、詩人であると自分自身を規定して来た。この嘆きは、初期の著作から繰りかえされて来たものである。「あれかこれか」にもその嘆きはあらわれているし、中期の「反復」においてもそれが著しい。しかしこの本では、著者は、ほんとうのキリスト者として書いている。それでは、キルケゴールは嘘をついているのであるかという面白いことになって来る。しかし現在においては、キルケゴールが、ほんとうのキリスト者であるかどうかはとにかくとして、真剣なキリスト者であったことを疑う者はいない。しかし真剣なキリスト者とは何か。ほんとうのキリスト者であろうと絶えず努力することである。いまはまだほんとうのキリスト者でないということと、ほんとうのキリスト者であるということである。この二つの要素は、明らかに相反しているし、矛盾している。しかしこれを解くかぎが、この「死に至る病」という著作それ自身なのである。

たとえばドストエフスキーの「地下生活者の手記」を考えて見よう。その作品については私たちの研究したものであって、みなさんの御存知の通りのものである。一般にあの作品は、当時のロシアにおいて支配的となっていた唯物思想とむすび合理主義に対して、ドストエフスキーは非合理主義を強調したと受けとられている。しかしドストエフスキーは、兄のミハイルにこの作品について、「見せかけ」であるといっている。それではドストエフスキーは嘘をついたのか。「二二ヶ四が立派なものだということには、私も異存はないけれど、しかしいっそ何もかも賞めることにするなら、二二ヶ五も時によると愛嬌のあるものだ」と地下生活者の男にいわせている。二二ヶ四と二二ヶ五は、明らかに相反しており、矛盾している。この矛盾している二つのものを、認め得るドストエフスキーの場所はどこなのか、ということと、キルケゴールの、ほんとうのキリスト者でないということと、ほんとうのキリストである矛盾を、つまりキルケゴールとアン

ノート「キルケゴール研究」(姫路文学館提供)

ニーチェに教えられて、ドストエフスキーの『悪霊』に出遭う。

　ここで、初めて、椎名麟三は、自己の内なる〈魂の叫び〉に応えうるものとしての〈文学〉に〈邂逅〉したのである。

　「観念的なものこそ現実的なものである」と、指し示すドストエフスキーの作品に、「ほんとうの自由への」曙光を見た椎名麟三は、「私には生きる目的ができたのだ。たとえ、その目的が、ほんとうの自由にあたいしないとしても、とにかく私は文学に熱中した」のである。

特高に監視され、懲役を猶予された捕囚としての条件下ではあったが、こうして、椎名麟三は、なんとか生きていけそうだと感じたのである。

つまり、彼の外的自己と内的自己とが、ようやく微妙なバランスで統御されたのである。

もう、死にたくはなくなった。

戦況が逼迫し、五体満足な男であれば、誰でもが徴兵されるようになった。椎名麟三にも、ついに召集令状がきた。

いよいよの当日、友人たちが心配して見守るなか、彼は、タバコを煎じて飲むという、命懸けの徴兵忌避をやってのけたのである。

ぎりぎりの目的を達するためには、他人がアッと驚き、ギョッとするようなやり方で体を張るという、椎名麟三のこの種の行為は、『自由の彼方で』の清作少年が、カフェ「大洋軒」で働いていたとき、ちょっと気持ちをそそられた女給の美代子のことで、誤解した兄貴分の新吉に平手打ちを食い、形勢不利に陥って、「もう何もかも駄目だと思った」とき、「投身自殺でもするように」、店の「ガラス窓へ勢いよく頭から」とび込んで、大きな怪我をして血を流すことで、同情をかい、周囲を味方につけて窮地を脱するという場面にも通じている。

椎名麟三自身は、このような度外れな行為を称して、「動物のもつ本能のようなもの」と正直に告白している。

何もかも潰えて廃墟と化した敗戦後、それまで椎名麟三を外から縛っていたものも、また、姿を消した。彼は、もう全き自身の意のままに、それこそ自由に生きてよかった。だが、目に見えない捕囚のくびきから解き放たれ、あらためて自分と向き合うことになったとき、椎名麟三は、外に見える戦禍で荒廃した景色と同じように、また、自身のこころの内にずしりと居座っている挫折感と深い虚無を見る。

「無意味は人間を殺すが、生かしはしないのだ。私はその無意味からの脱出をどんなに求めたであろう」。

もんもんとする自己再確認の過程で、あの、『深夜の酒宴』が書かれる。

一九四七年二月、雑誌『展望』に、それが発表されるや、たちまち大きな反響を呼んで、椎名麟三は、一躍、戦後派作家として脚光を浴びる。

同じようなテーマで、次々と作品が生まれた。『重き流れの中に』『深尾正治の手記』

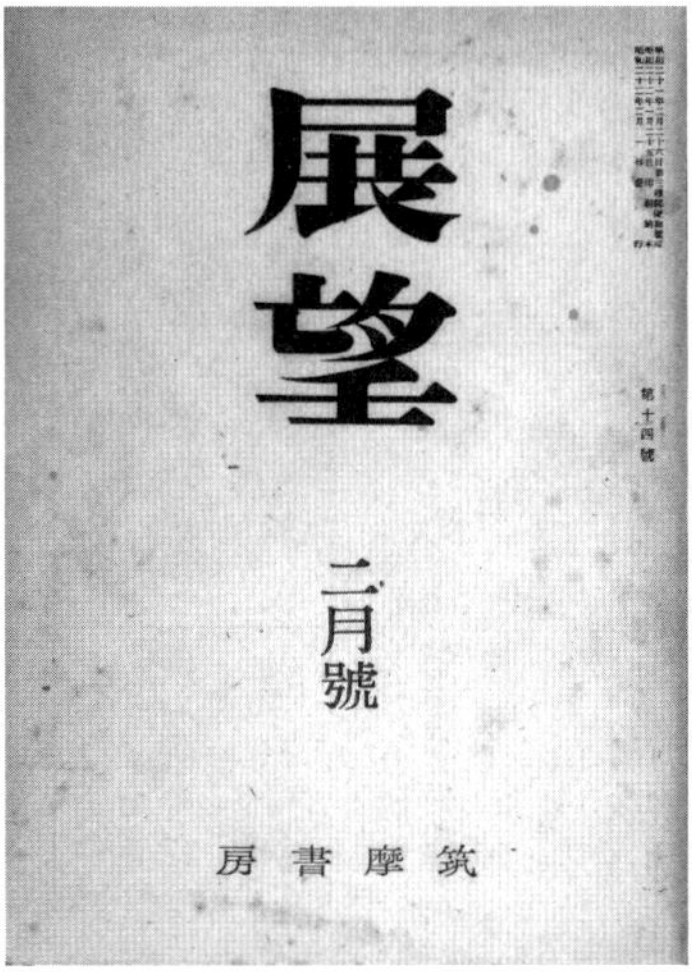

「展望」昭和22年2月号
第14号（姫路文学館提供）

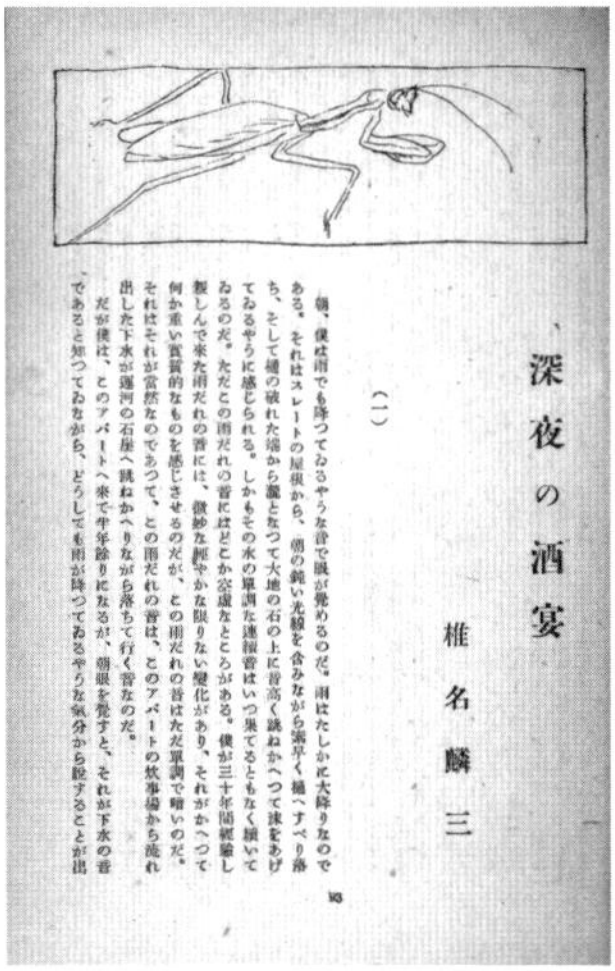
深夜の酒宴

椎名麟三

（一）

朝、僕は雨でも降つてゐるやうな音で眼が覺めるのだ。雨はたしかに大降りなのである。それはスレートの屋根から、朝の鈍い光線を含みながら素早く樋へすべり落ち、そして樋の破れた端から瀧となつて大地の石の上に音高く跳ねかへつて沫をあげてゐるやうに感じられる。しかもその水の單調な連續音はいつ果てるともなく續いてゐるのだ。ただこの雨だれの音にはどこか空虚なところがある。僕が三十年間經驗し親しんで來た雨だれの音には、微妙な輕やかな限りない變化があり、それがかへつて何か重い實質的なものを感じさせるのだが、この雨だれの音はただ單調で暗いのだ。それはそれが當然なのであつて、この雨だれの音は、このアパートの炊事場から流れ出した下水が運河の石崖へ跳ねかへりながら落ちて行く音なのだ。

だが僕は、このアパートへ來て半年餘りになるが、朝眼を覺すと、それが下水の音であると知つてゐながら、どうしても雨が降つてゐるやうな氣分から脱することが出

103

デビュー作となった「深夜の
酒宴」（姫路文学館提供）

『永遠なる序章』『その日まで』『病院裏の人々』などなどである。

そして、「廃墟に現われたドストエフスキー」などと異称されたりしつつ、戦後派作家としての地歩を着実なものにしていく。

が、しかし、作品を書けば書くほど、有名になればなるほど、椎名麟三の内的世界は複雑に錯綜していく。絶えず自問し、自答を繰り返しながら、しだいに行き詰り、追い詰められていく。

不惑を目前にして、連日、深酒に溺れるしかなかった彼のアイデンティティは、この頃、危機に瀕していた。

＊

ここで、ヘルマン・ヘッセの登場となる。

〈人は気づかずに、欲したところへ欲したように、導かれるものである〉という心的機制を信じるならば、私は無意識のうちに、どこかで両者の〈邂逅〉をたくらんでいたのだろうか。

ヘッセがはじめて自殺未遂をしたのは、精神的な不安定から神学校を退学した十五歳のときである。

十三歳で入学したラテン語学校で、「自分は詩人になるか、でなければなににもなりたくない」と思いはじめ、成績優秀であるにもかかわらず、「私は学校とだんだん衝突しだした」と思いはじめる。

それでも両親の意思に従って、当時の出世コースにのって、十四歳で国家試験に合格し、マウルブロン神学校に入学するが、やがて、深刻になる学校への不適応……。

「突然私は内部が嵐に襲われ、そのため、神学校をにげだし」と告白しているように、十五歳で神学校を退学してしまい、自殺未遂をして神父から精神療法などの指導を受けながら、十六歳で高等学校に入学するが、一年で退学してしまう。

どんなエリート校に入学しても、自らの〈内なる声〉に急きたてられ、そこに適応できずにすぐに逃げだしてしまう。もう、学校教育は受けないと、店員などの仕事についたが、これも三日坊主。以後は、牧師である父の助手として働きながら、自発的で精力的な読書生活によって独学しながら詩作をはじめる。

ヘッセより三十四年遅れて生まれた椎名麟三も、姫路中学三年生だった十四歳の時までしか学校教育は受けていない。

彼の場合は、ヘッセとちがって、家庭の事情で学校へ行きたくても行けなかったため、よんどころなく家出した大阪で、見習いコックなどの過酷な労働条件の下で働きながら、十七歳で専門学校入学者資格試験（現在の大学入学資格試験）に合格している。

そのいきさつにおいては、二人のあいだに雲泥の差があるが、どちらも、ともに、学校教育は、十五、六歳までしか受けておらず、その後は、自発的で猛烈な読書によって独学し、高度の知識人となって、文学の創作者となるのである。

ヘッセは、第一次世界大戦（一九一四―一八年）ごろから再び、ひどい精神的危機に直面

姫路中学時代の椎名麟三
（姫路文学館提供）

する。

束縛をきらい、おもうがままでありたいと自由を求め、平和を願うヘッセにとっては、戦争は耐え難いものであった。ドイツ人であるが、スイスに住んで、反戦を訴え、平和を叫んだために、ジャーナリズムの猛反撃を受けて孤立し、生活は困窮する。加えて父の死、息子の重病、妻の精神病の悪化など、つぎつぎに身辺を襲う苦悩と孤独に疲れ果てて、ついに、自らも二度目のおおきな精神的危機をむかえる。

そして、自殺未遂の末、精神分析医ラングの治療を受けることになる。かたわら、ラングのすすめで、フロイトやユングの著作にも親しむようになって、人間の無意識の底にある深層心理にひそむものを自覚し、意識化することによって、こころを、抑圧するものから解放して、精神的な障害をとり除き、自己回復をはかるという治療法、すなわち、精神分析的手法になじむようになる。

そして、一九一九年、あの自伝的小説『デーミアン』を書き上げることによって、自らの病をも克服したのである。このために、『デーミアン』は、精神分析的手法を用いた最初の名作ともいわれている。

そういうわけで、これもまた、私の恣意の至るところに、椎名麟三とヘルマン・ヘッセがいて、二人のあいだに、『荒野の狼』がどさりと寝そべっていたのである。

*

ヘッセが『荒野の狼』を発表したのは一九二七年、五十歳のときである。

仕事での充足感は未だしであり、神経質なピアニストであった九歳年上のマリー夫人の精神病はよくならず、関係は荒涼としていた。そして、ついに、一九二三年、十九年間の結婚生活に終止符を打つ。つづいて翌二四年、二十歳年下の女性と再婚するが、これもうまくいかず、わずか三年余りで別れることになるのだが、このときの離婚の理由というのが、つぎのように、なんとも興味深い。

ヘッセは、「隠者で変人でノイローゼで不眠症で精神病質で、円熟した芸術家気質だが、ひどく気分本位で、夫らしく暮らさない」というものだった。それで、離婚訴訟に負けてしまう。

こうして、またまた、三度目の深刻な精神的危機に見舞われたヘッセが、自殺することだけが目標のような〈生の危機〉から回復する過程で書いたのが、『荒野の狼』である。

だからというべきか、この作品は、ヘッセのそれまでの小説の形式からはずれた独特の様式になっている。

いってみれば、すぐれて感覚的であり、知的で創造的な一人の五十男が、自身の〈神経症（ノイローゼ）の診断と治療〉の経過を、内側から容赦なくえぐり、誇張して、フィクションめかして描いている、小説らしくない小説ともいえるのである。

ちなみに、ヘッセが『荒野の狼』を書いたとき、椎名麟三は十六歳であった。

前述したように、『荒野の狼』は、五十歳で三たび、精神の危機に直面したヘルマン・ヘッセ自身の自画像である。

〈荒野の狼〉と呼ばれるヘッセ自身のイニシャルH・Hと同じハリー・ハラーという名の架空の男、精神を病む一人の理想主義者の姿に仮託しながら、ヘッセ自身の、全き〈自我の像〉として、あらわに描いて、容赦なく分析していく。

一見、それは、人生の危機に瀕する、不幸でみじめで、さえない、けれども誠実な五十男、ハリー・ハラー、すなわち、作者ヘッセ自身の自虐的自画像ではある。

が、しかし、一方で、〈時代のはざま〉にあって、自らのこころを直視する勇気を持たず、自ら考えることを放棄して、機械文明の発達に幻惑され、自分を見失ったまま、また、つぎの戦争の準備に協力しているように見えた〈時代の多くの人々〉にたいする痛烈な批判にもなっていた。

ハリー・ハラーの手記の間に、編集者の序文や論文と称するものをはさんだりして、韜晦めかした形式を用いてはいるが、人生の危機に直面した詩人ヘッセが、〈荒野の狼〉に擬せて〈人間の内部にひそむあさましさ〉を、完膚無きまでに赤裸々に、自己暴露、自己表白することによって、同時代の人々、いってみれば、〈惰性にながされ、自らのありように無自覚に生きている人々〉にたいして、〈どぎつい反射鏡〉をあてることになった。

また、そうすることで、必然的に、時代の普遍的な病、すなわち、時代の空気に疑問をもつことなく、市民社会にどっぷりつかって安住している在り方についても言及することになったので、この作品、『荒野の狼』は、多くの人々の怒りをかい、〈反体制的、反時代的、厚顔無恥〉などと曲解され、誤解されて、ごうごうたる非難を浴びた。

そのために、ヘッセは、一九四二年のスイス版を出す際に、わざわざ、あとがきを追加して、つぎのような異例の弁明をしている。

——文学はいろんな風に理解されたり、誤解されたりするものである。なかでも、『荒野の狼』は、私の本の、どの本よりもたびたび、ひどく誤解された本であるようだ。

この本は、主人公ハリー・ハラーの二元的な魂の苦しみ、複雑な魂の悩みだけではなく、個人と時代を超える信仰の世界を目指しており、決して絶望したものの書ではなく、信じるものの書である。

荒野の狼は、その問題の多い生活を超えて、より高く聳えている第二の不滅の世界を信じて目指している。

荒野の狼の物語は、作者の病気と危機を、そして、同時に、時代の苦悩や困難をも表現しているが、それは、死や没落に通じる病気や危機ではなく、その反対の治癒と新生への道を表現しているのである――

さて、『荒野の狼』のなかで、ヘッセはいう。

正気の人にではなく、正気でない人だけに読んでもらいたいのだが、ハリー・ハラーは、実は、人間と荒野の狼の合成体である。

一つの肉体、一つの魂の中に一緒に住んでいながら、人間と荒野の狼は、常に敵同士の関係にあって、一方はただ、もう一方を苦しめるためだけに生きている。

ハリーが、人間として、美しい思想を抱いたり、気高い気持ちをもって、善行を積もうとしたりすると、もう一方の荒野の狼が、歯を剥きだして傍観しながら、その人間らしさを値踏みしたり、あざけりわらったりする。

また、ハリーが、狼であるときには、彼のなかの人間が、傍観しながら、狼である彼を冷たく批評したり、審査したりする。

このように、ハリーのなかには常に二つのものが実在し、それぞれが、倶（とも）に天を戴かずという敵対関係で、それぞれの存在を主張する。だから、荒野の狼ハリー・ハラーには穏やかで落ち着いた快い〈しあわせ〉はなかなかやってこない。

しかも、ハリー・ハラーの見るところ、世の中には、ハリーと似た種類の人間はかなりいる。とくに、芸術家といわれる人間の多くはこの種類に属しているようである。

これらの人間は、みな、二つの魂を、二つの性質を、内にもっている。彼の中の神的なもの、悪魔的なもの、父性的なもの、母性的なもの、幸福を受け入れる能力と苦悩を受け入れる能力とが、ハリーの内部での狼と人間のように、敵対したり、もつれてからみあったりしながら、並存している。

荒野の狼ハリー・ハラーが求めたものは、独立であった。彼はこころの底から、何ものにも縛られない自由と独立を求めた。はじめ、彼にとって、それは、夢と希望であったが、やがて、苦い運命に変わっていった。

人は往々にして、求めるものによって滅びる。権力者は権力のために、金力者は金力のために、屈従する人はその奉仕のために、享楽者は享楽のために……滅びる。同様に、荒野の狼ハリー・ハラーは、その独立のために滅んだのである。

――彼は目的を達し、しだいに独立した。だれにも命令されず、だれにも迎合する必要はなかった。好き勝手に何でもできるようになった。しかし、いざ、自由を獲得してみると、ハリーは突然、自分の自由は死であること、世間の人間はもう無関係になり、何もかもすべてが無意味で、自分自身でさえも、自分という存在に無関係になっていくようで、自分がいよいよ希薄になり、孤立無援の空気のなかで窒息していくようだった――

彼の前にはもう死ぬことしかなかった。

そこで、ようやく、荒野の狼ハリー・ハラーは気づいたのである。実は、自分は、今まで、市民社会の外にいたので、市民的なもの、つまり、あたりまえの家庭生活や社会的な野心などというものを知らなかったのではないか……。

ほんとうは、社会的な秩序や礼儀に満ちたおだやかな小市民の暮らし、静かで上品で、ゆったりとした家庭生活につよく憧れていたのではないだろうか……。

そう気づいた荒野の狼ハリー・ハラーは、それまで、その存在に無関心であった〈魔術劇場〉へ、自分から進んで入り込み、そこで出遭った目もくらむようなさまざまな眩しい禁断のできごとを、つぎからつぎへと体験する。

しかし、許可もなく勝手に〈魔術劇場〉に入り込んで、好き放題をしたということで、有罪判決を受け、死刑を執行されることになる。

罪名は〈魔術劇場を現実と混同したために、ユーモアを解せず、そのうえ、自殺機関として利用しようとしたこと〉

いよいよ、塵ひとつないピカピカに磨かれたギロチンが用意されて死刑が執行されることになる。

荒野の狼ハリー・ハラーが執行された死刑とは、実はつぎのようなものであった。

〈永久に生きること〉〈魔術劇場への入場を十二時間停止すること〉〈いちど徹底的に笑いものにされること〉

こうして、荒野の狼ハリー・ハラーは一度死んで、新しく生まれ変わったのである。

新しいハリーは、パブロとモーツアルトに導かれて、自分の中にある〈生命と魂の営みのさまざまな姿〉を知り、その意味を察知してこころを打たれ、もう一度生きて苦悩を味わい、その無意味さにもう一度おののき、自分の内部の地獄を、もう一度、いや、何度でも遍歴しようと決意する。

そうすれば、いつか、もっとよりよく生きることができるようになるだろう。ユーモアを解して、笑うことも覚えるだろう。

そう思うと、ハリー・ハラーは、甘い快さのなかで、自分の体ががらんとなったように感じた。パブロとモーツアルトも待っている……。

ところで、ヘッセは、『荒野の狼』というこれほど露わな作品を発表しながら、なぜか、何度も、〈正気の人にではなく、正気でない人だけに読んでほしい〉と、わざわざただし書きをしている。何故だろうか。

正気でない人とは、いうまでもなく、ある閾（いき）、範疇をはずれた人、範疇の外側にいる人のことであろう。

では、閾、範疇とはなにか？　ヘッセのいう、正気でない人とはどんな人なのであろう？

興味は尽きない。

と、同時に、ここでもまた、私は、椎名麟三を連想する。椎名麟三が、「動物の持つ本能のようなもの」と表白して、自分自身や、作品のなかの分身たちにやらせたあの度外れな行為、窮地に追い込まれたときの意表をつく捨て身の行為を思い浮かべる。

ヘッセの、このわざとらしいただし書きも、ことばを換えれば椎名麟三と同じで、どんな人間にでもある意識下の防衛機制なのだろうか。

*

――「無意味は人間を殺すが、生かしはしないのだ。私は無意味からの脱出をどんなに求めたであろう。その数多くの試みを作品化しているが、それは私の挫折の記録でもある。それだけならいい。私自身の作品が、私へ意地悪くたずねるのだ。すべてが無意味であるとしたら何ゆえ生きているのだ。もし作家としての誠実さをもっているとしたら死ぬのが当然ではないか。どうやら生きているところを見ると、作家的誠実というものはまるでないやつらしい」——

椎名麟三が、敗戦後の廃墟のなかで、つぎつぎと作品を生みながらも、絶えず自問自答を強いられた〈この問い〉こそ、ヘルマン・ヘッセが自らに問い続けた〈問い〉でもあった。

一九五一年四月、椎名麟三は、「追い詰められてしまった私の最期の試みであるかのように」、それまでの〈あの問い〉の総決算のようにして、『赤い孤独者』を書く。

——「革命を裏切ることによってしか真の革命家になることはできず、死を前提としなければ、生の意味も発見できず、女性を裏切ることによってしか、真の愛はうまれない」——

このパラドックスにおいて、「自他共に救われたいという強い願望は虚妄な夢にすぎないのではないか」と、おぼろげに予感しはじめるのである。

——「いくら自己否定を続けて行っても、自分が生きている以上は、究極まで行き着くことは、不可能である。不可能によって救われようとすることは、結局、自己欺瞞にすぎない」——

行く道は一つ。ドストエフスキーの示してくれている〈真の自由の光〉、ヘッセのいう、「狼やこどもへではなく、いよいよ遠く罪の中へ、いよいよ深く人間となること」に通じている道である。

何があろうと、後ろへではなく、前へということである。ことばを換えれば、後ろを断ち切ること、つまり、一度死ぬことである。

椎名麟三にとっては、『赤い孤独者』を書くこと、それが、〈それまでのものの死〉だったのである。

『赤い孤独者』を書いたことで、それまで分裂して彼を苦しめつづけていたものが、ある統合に向ったのではないだろうか。それは、矛盾の弁証法的解決としてではなく、矛盾を矛盾として、解決できないものは、解決できないものとして、そのまま受容するというふうにである。

『赤い孤独者』を発表した年(一九五二)の十二月、椎名麟三は受洗してキリスト者になる。キルケゴールを読んだときには拒絶し、ドストエフスキーに導かれても、なお、信じることができなかったキリスト。「信じられないままにイエス・キリストへ自分の全存在を賭けたのだ。だから、キリストへ自分の全存在を賭けることによって信じられるようになったといえるだろう」と、語っている。

翌一九五三年四月、雑誌『群像』に『邂逅』を連載しはじめる。

この作品によって、私たちは、新しい椎名麟三に文字通り邂逅するのである。

（注）文中の「　」は、すべて原文（原訳文）からの引用である。

椎名麟三に関する部分は、主に『わが心の自叙伝』から

ヘルマン・ヘッセに関する部分は、高橋健二訳から

［参考文献］

『日本文学全集　椎名麟三集』　新潮社

『椎名麟三全集』　冬樹社

『私のドストエフスキー体験』　椎名麟三著　教文館

『日本文学全集　太宰治集』　新潮社

『ヘッセ全集　荒野のオオカミ』　高橋健二訳　新潮社

『荒野のおおかみ』　高橋健二訳　新潮文庫

『ヘッセ全集　シッダールタ』　高橋健二訳　新潮社

『世界文学全集　荒野の狼』　永野藤夫訳　講談社

『アウトサイダー』　コリン・ウイルソン著　中村保男訳　中央公論社

『赤い孤独者』

――三十九歳の遺書

人には転機というものがある。

どの時代に、どのように生きているのであれ、好むと好まざるとにかかわらず、人生においで、誰でも一度や二度は大きな転換点を迎える。いやいや、もしかして、それ以上のこともあるかもしれない。

そのような時、人は誰でも、ある選択を迫られる。

選択肢がいくつもあり、余裕をもって転換できる人は幸いである。

しかし、追い詰められて抜き差しならない絶体絶命の状況のなかで、どちらを選んでも非常な苦痛を伴う二つのものしかないとしたら……。

人は、その時どうするのだろう?

自らの置かれている状況をどのように捉えて理解し、どのように自らを説き伏せながら、その一つを選択して生きていくのか。

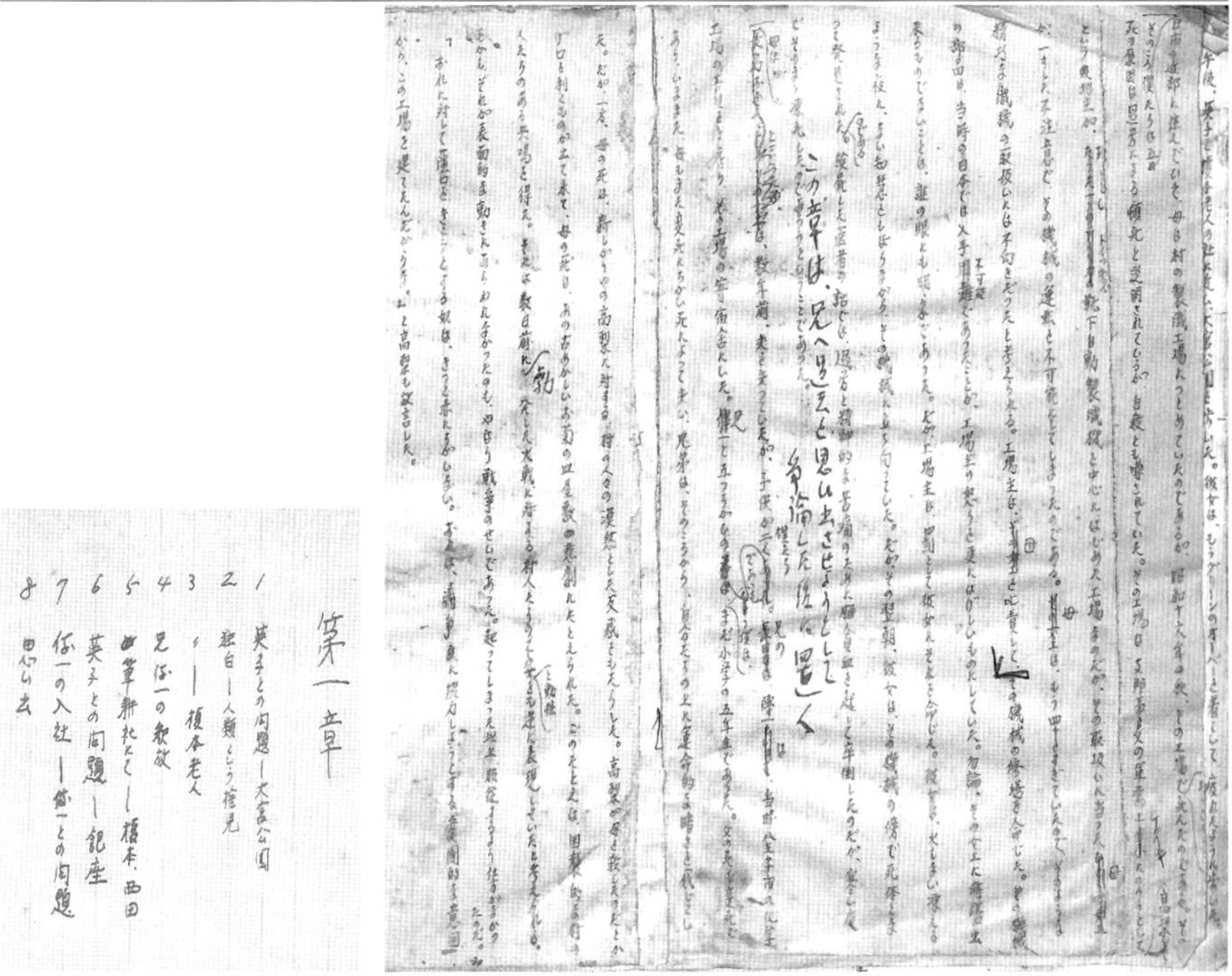

『赤い孤独者』草稿（姫路文学館提供）

　椎名麟三が、このような極限状況を設定して、自らが生きている時代と、時代の空気と、自らの観念に、命題として課すことで、一つの文学作品に編み上げたのが、『赤い孤独者』である。

　椎名麟三が、『赤い孤独者』を書き下ろし長編として河出書房から刊行したのは、一九五一年四月である。

　すでにその前年一九五〇年初めに、河出書房から『永遠なる序章』につぐ小説をとつよく求められて、これを書き始めたのであるが、なかなか脱稿にまでは至らなかった。

その辺の経緯については、椎名麟三研究の権威斎藤末広西南学院大学名誉教授の『椎名麟三「赤い孤独者」論』（『論集椎名麟三』椎名麟三研究会編　㈱おうふう刊）に詳しい。

ちなみに、同論のなかで紹介されている昭和二十五年（一九五〇年）十一月発行の「河出通信」に、椎名麟三が書いている「書き下ろし長編小説『赤い孤独者』について」という宣伝のための作者の言葉を引用させていただく。

――「僕がこの時代に生れさせられ、この国に置かれたということは僕にとって重苦しい事件である。僕に、未来の或いは過去の平和な時代に生れて来る可能性がなかったなどということは考えられない。一日の苦労は一日で足るところの世界、明日のわずらいのない時代に生れる可能性をたしかにもっていたのだ。だが、僕が、この過渡と危機の時代、苦悩と混乱の時代、不安と恐怖の時代に置かれたということは、抗うことの出来ない事実なのであり、しかも僕の超えることの出来ない、この前にどんな言葉も無力であるところの容赦のない事実なのである。僕は、この容赦のなさのなかに、僕に逃れようもなく課されているこの世界と時代に対する責任をひしひしと感じるのだ。この責任こそ、僕に生きている意味を与えるところのものであり、曖昧が唯一の安全であると考えられているこの時代に、少くとも僕自身に関して曖昧であることを毫も許さないところのものなのである。

僕は、この作品をこのような自覚のもとに書いた。何の慰めも見出し得ないこの時代に於いて、いかなる思想にも自分の全部をさゝげることの出来ない自分の、生きていく意味を見出そうとした僕の魂の記録である」

さて、このような小説『赤い孤独者』をどう読むか。

ということは、この作品で椎名麟三が提示しているテーマに、どうアプローチしていくか、ということになるのだが、自らも創作している、そして、二〇一三年のいまを生きている者としての視点も含めて、作品に寄り添うことを第一義としたい。

そこで先ず、椎名麟三がこの『赤い孤独者』を書いた一九五〇年前後の日本はどういう国であったのかということを、ちょっと振りかえってみたい。

一九四五年八月十五日、蝉しぐれ集く暑い正午に、雑音でよく聞き取れないラジオから流れる天皇（当時は現人神にして国家の最高権力者である大元帥）の玉音（肉声）による詔書によって、日本国民は、太平洋戦争（第二次世界大戦）の終結を知ったのである。

終結とは、日本が、連合国に無条件で降伏するという徹底的な敗戦だった。

八月三十日、連合国最高司令官マッカーサー元帥が厚木に到着し、すぐにＧＨＱ（連合国最高司令官総司令部）が設置された。ＧＨＱとは、連合国が日本にポツダム宣言（無条件降伏の具体的な内容）をきちんと履行させるための占領政策の実施機関であった。連合国とはいうものの、実質はアメリカ合衆国の機関だった。

敗戦国日本にも、天皇はもちろん、政府もあったし、首相もいたが、無条件降伏をして国全体が連合国に占領されていたので、日本は、国家として何一つ決めることが許されず、何から何まですべてＧＨＱの命令に従わなければならなかった。

この状況は、一九五一年九月にサンフランシスコで講和条約と日米安全保障条約（日米安保条約）が締結されるまで六年余り続いたのである。

太平洋戦争（第二次世界大戦）によって何もかも壊滅し廃墟と化した敗戦当時の日本の姿を、元外務省国際情報局長でありイラン大使でもあった孫崎享氏の著書『戦後史の正体』からすこし引用してみる。

――第二次大戦では、米国の敵は日本とドイツでした。米国は戦後の世界戦略を考え、戦争の最終局面で、日本とドイツが再び立ち上がれないように徹底的に破壊します。一九四六年の日本経済は、一九三〇～一九三四年レベルの一八％というのですから、いかにすさまじく破壊されたかがわかります――

――占領軍がやってきたときの日本の姿について、米国の歴史学者マイケル・シャラーは次のように述べています。「一九四五年八月、日本にやってきたアメリカ軍が目にしたのは廃墟と化した都市、休止した工場、家を失った難民だった。一五〇万人の兵士が死に、空襲による市民の犠牲者は五〇万にのぼった。あるアメリカ軍兵士は故郷への手紙のなかで、『東京に近づくにしたがって、大都市の姿が目に入ってくるどころか、なにもかも破壊されて一面真っ平らにみえてきました』と書いた」――

米軍占領下のこうした敗戦直後の日本では、空襲で家を焼かれ、仕事を奪われた多くの人たちに加えて、戦地からは兵士たちも復員してきたので、都市は失業者であふれた。そして、何よりも深刻だったのが食料難だった。国から配給される食糧だけではとても生きていけず、食べるものを手に入れるために、人々は闇市を開き、あらゆるものを持ち寄って食べ物と物々交換した。

空襲で家も親兄弟も失った多くの孤児たちは、浮浪児となって路上で生活し、闇市をほっつき歩いた。

闇市はもちろん違法だったが、生きるためには誰もが法律を破らざるをえなかった。法律を遵守して闇の食料に手を出すことができなかった一人の裁判官は餓死した。

大阪で生まれ育ち、十歳で敗戦を迎えた画家で教師だった友人Mが語ったことがある。

「あの当時、闇市でもなかなか食べ物は手に入らなかった。田舎のないぼくらはいつも腹を空かしていた。食べられそうなものなら何でも拾って食べた。ある時、進駐軍の兵士が歩きながらみかんを剥いて食べていた。剥いた皮はポイ捨てしていた。ぼくらは後を追いながら争ってみかんの皮を拾って食べた」

この時代を庶民として生きた多くの日本人の原風景は、いつもここに収斂される。

このように、米軍占領下の日本で、人々が食うや食わずのどん底生活にあえいでいた頃、アメリカとソ連の間では世界の覇権を争う冷たい戦争が幕を開けていた。

そして一九五〇年六月、朝鮮戦争が始まった。

と同時に、日本に対するアメリカの占領政策が大きく変化することになる。

その理由を、再度、孫崎氏の著書から引用する。

――「占領初期の政策は、日本が二度と米国の脅威にならないようにする」、そして、「懲罰的な態度でのぞむ」ということでした。しかし、冷戦が始まった結果、日本に期待されることは、「経済的・政治的安定と軍事能力を強化し、米国の安全保障に貢献する」こととなったのです。こうして米国の対日政策は一八〇度変わりました。それをさらに決定づけたのが朝鮮戦争でした――

朝鮮戦争が勃発して、米国は戦争に必要な厖大な物資を日本で調達するようになった。朝鮮戦争特需といわれるものである。これによって、貧窮のどん底であえいでいた日本経済は、ようやく息を吹きかえすことになる。あらゆる分野で生産性は著しく向上し、すぐに鉱工業生産は戦争前を上回るようになった。日本経済は再び活力をとり戻し、それにともなう雇用の増大によって、人々の生活はようやく安定の兆しをみせはじめたのである。

朝鮮戦争は、すぐ隣国の朝鮮半島で、韓国に共産軍が侵攻して起こった。占領国日本も共産主義に侵略されるようなことがあっては米国に都合が悪い。そこで、共産主義の脅威に備えて、日本の軍事力を強化するという方向に転換する。

このことを、また孫崎享氏の著書から引用すると、

――一九五〇年七月八日（朝鮮戦争発生後一三日目）にマッカーサーは吉田首相に次のような書簡を送っています。

「日本政府に、政府直属の国家警察予備隊七万五千人と海上保安庁要員八千人の増加の権限をあたえる」

この「国家警察予備隊」という組織がのちの自衛隊です。マッカーサーが、ついに間接的

な言い方ながら、再軍備を許可したのです。七万五千人という数は、日本から朝鮮戦争へ出動した米軍の数とほぼ同じでした。

こうしたなかで、一九五一年一月に講和条約にむけての話し合いが始まり、九月八日に、日本はサンフランシスコで、講和条約（平和条約）と日米安保条約に調印しました――。

この二つの条約が戦後日本の基礎となったのである。

椎名麟三が『赤い孤独者』を書いた一九五〇年前後の日本の置かれていた状況について簡単に概観してきた。

しかし、椎名麟三が、この『赤い孤独者』で書いたもっとも重要なテーマについて考察するためには、直接的には、椎名麟三自身の、間接的にはこの小説にかかわる思想的背景に触れなければならない。

その辺のところを、本多秋五の『物語戦後文学史』から引用してみることにする。すこし長くなるが、ニュアンスを損ないたくないのでそのまま引用する。

――戦後文学の第一の特質は、いわゆる「政治と文学」の関係についての鋭い問題意識である。戦後文学者のなかにも「政治と文学」の問題に無関心なものがなかったわけではないが、十目のみるところ、これを戦後文学の第一の特質としてあげるのに何人も異存がないだろう。

それは、直接には、プロレタリア文学における「政治の優位」という思想に対するアンチ・テーゼの形をとった。

自然主義以来、日本の文学は不自然なまで政治を回避し、あらためて文学が政治をとりあげたとき、それは排他的にプロレタリア文学の仕事であったからである。そのプロレタリア文学の最後の言葉が「政治の優位」だったからである――

――戦後文学が、文学上の「政治主義的傾向」を目の敵にしたのは、もともとそれが政治に深く関心していたからである。政治に故意に頬かぶりした文学はそれだけ文学の自由なはたらきを断念した文学であり、囚われた文学だ、と考えたからである――

――「政治と文学」をめぐる文学上の努力は、政治の金しばりからの文学の解放を意味していた。文学上の根強い反政治主義も、それの反動としての極端な政治主義も、ともに、日本の近代文学がみずからの分泌物によって自己をとじ込めた繭であって、「政治と文学」をめぐる戦後文学の努力は、その古い殻を破ってすすみでようとする文学的脱皮の努力であった――

――（「政治と文学」の）いわゆる政治なるものが、ほかの何ものでもなく共産党の政治をもっぱら意味していたのは、今日からみれば奇怪千万な話だが、そこには他のすべての政党が敗戦によって過去の実績を完膚ないまで批判されていたという事実より以上に、もう少し深い理由があった。今日の眼からみれば、戦後文学はあきらかに共産党を過大視し、現実の共産党ではない幻影の共産党を考えていたのだが、そこにはそれだけの余儀ない日本の歴史があった――

――数え年六十八歳で生涯の幕を閉じることになる河上肇（経済学者・京大教授）が、敗戦の年の年末、「垂死の床にありて」（『アカハタ』四五・一二・一九）という詩のなかで、

　牢獄に繋がるること十有八年
独房に起居すること六千余日

たたかいたたかい生きぬき
ついに志をまげず
再び天日を仰ぐにいたる
同志徳田
同志志賀
何ぞそれ壮んなる
日本歴史あってこのかた
未だ曽て例を見ざるところ
ああ羨ましきかな
ああ尊ぶべきかな
これ人間の宝なり

七十の衰翁
蕭条たる破屋の底
ひとり垂死の床にあって

遥かに満腔の敬意を表す

と歌ったとき、これを幻影にむかって礼拝するものと嘲笑した知識人は一人もなかったはずである――

――戦後文学が考えた「政治」の当体は、その後、「日共」と略称され、「マル共」などと蔑称された共産党でなかったのはもちろん、具体的な日本共産党ですらなく、固有名詞と抽象名詞の中間位の語感で呼ばれた「共産党」は、あらゆる願望と可能の集約点であったが、「共産党」の過大評価は何も戦後文学者のみにかぎった現象ではなかった――

以上、椎名麟三が『赤い孤独者』を書いた一九五〇年前後の社会的背景について二つの視点から概観してみた。

当時のこのような状況を抜きにしては、この作品は書かれることがなかったであろうし、また、このような背景を知らずしては、この作品が提示するテーマに迫ることは難しいのではないかともおもわれる。

それでは、『赤い孤独者』に向かおう。

先ず、タイトルの『赤い孤独者』の「赤い」とは、いうまでもなく共産主義を意味している。では「孤独者」とは？

字義通り、「ひとりぼっち」「単独者」「仲間なし」「みなし児」などを意味するのであるが、「赤い」という形容詞を伴うとき、それは、どのような実存的存在、自覚存在として、この作品のなかで捉えられ描かれているのだろうか。

椎名麟三は、敗戦後の廃墟のなかで、デビュー作『深夜の酒宴』から一貫してずっと現実を直視しながら生きることの辛さや困難さを、自身の原体験に基づきつつ、庶民の底辺から、つまり生活者の地べたからの視線で、いわば観念的に哲学的に描いてきた。

その間、自身の来し方と共に、現に拠って立つ位置をも凝視しながら自問自答をくりかえすうちに、作家として、表現者としての自分自身にある限界を覚えるようになったのではないだろうか。

「このまま、このようなテーマで、このようなかたちで、表現し続けていっていいものだろうか」と。

加えて、椎名麟三を取り巻く外側の世界においても、目に映る景色も映らない景色も徐々に変わり始めてもいた。

「どこへ、どのように向かっていけばいいのか？」

容易には見つからない答えを求めて、あれか、これか、試行錯誤しながらもつぎつぎと作品は発表し続けていた。

そして、彼は疲れて行き詰った。

己が因って来たる必然の結果として、このように自分を息苦しくさせ追い詰めているものを、もう一度、検証し直して清算しようと決心したのである。

つまり、それまでのものの総決算として、この『赤い孤独者』は書かれたのである。

だから当然のこと、小説には手記の形式が選ばれた。

なぜなら、それは、遺書、遺言の体とならざるを得ないからである。

主な登場人物は、手記の書き手である主人公長島重夫、その兄の長島伝一、その仲間である佐藤四郎、長島重夫の恋人伊奈英子、長島重夫が命ぜられた任務のために政略的に近づき結婚する高梨豊子、主人公たちが勤める零細筆耕社の経営者である榎本老人らである。

『赤い孤独者』を大胆に概略すれば、次のようになる。

主人公長島重夫は、杉並にある小さな出来高払いの筆耕社榎本孔版社に勤めている。そこへ公務執行妨害で留置されてよれよれになっていた重夫の兄伝一が、重夫を身元引受人に指定して出所してきて入社する。

伝一は、持ち前の如才ない魅力的な口調で、佐藤四郎ほかの従業員はもちろん、経営者である榎本老人をも説き伏せ巻き込んで、新しい革命党である「**革命党でない革命党**」を立ち上げる。

弟の長島重夫は、結党の理念や目標に異議があるわけではなかったが、その戦術に納得できずにひとりだけ入党を拒否する。

しかし、党首に選ばれた兄伝一の脅迫的ともいえる強い入党要請に逆らえず、党員外の協力者として実践活動に参加することを約束する。

新しい党を維持し、党の目標を実現させるための実践活動には、それ相応の活動資金が必要である。党員である筆耕社の従業員たちは給料のなかからそれぞれいくばくかのカンパを義務づけられて同意するのだが、党首長島伝一は、党勢を拡大するためにもっと多額の活動資金の調達を目論む。

そして、その調達者に、伝一は、弟長島重夫を指名するのである。

兄伝一から、有無を言わさぬ手段で命じられた党の資金調達の方法は、重夫にとってとてつもなく残酷なものだった。

その手段とは、重夫が現在の恋人伊奈英子を棄て、かつて自分たち兄弟の母を見殺しにした仇敵である今は亡き会社社長の一人娘で、裕福な遺産相続人であり、結核で入院中のクリスチャンである高梨豊子に取り入って結婚し、ブルジョアの彼女の資産から多額の現金を党のために引き出すというものだった。もし、失敗すれば、党員ではないが、その責任を重夫個人が引き受け、死を以って償わなければならないというものだった。

重夫は、兄から要求された任務を遂行するために、恋人英子に別れを告げるのだが、重夫も英子も別れることができずに関係を続け、英子はいっそう結婚をせがむ。しかし、重夫には病気のブルジョア娘高梨豊子と結婚して党の活動資金を引き出すという重い任務がある。心に逆らう選択をつぎつぎせねばならず、追いつめられて、いっそう英子への愛を自覚し、そこに救いをもとめる。

がしかし、失敗すれば死が待っている党の活動資金調達のために、何の関心もない高梨豊子に近づき首尾よく結婚するのだが、妻になった豊子は、自分はクリスチャンであるから重夫自身が必要な金なら出すが、革命党の活動資金は出せないと拒否する。失敗すれば自分は死ななければならないからと、重夫は必死に懇願するが、後見人の弁護士から差し止められているし、豊子自身も納得できないということで、党の活動資金をなかなか拠出させることはできない。

それのみか、新しい革命党の党首である兄伝一から命じられて、恋人を棄て好きでもない高梨豊子とかたちだけの政略結婚をしただけなのに、仕事仲間の党員たちからは、ブルジョア娘と結婚した階級の裏切り者と罵られ、恋人英子は悲観して自殺を図る。経営者の榎本老人からは、金持ちは出て行けと筆耕社をクビになる。

そんなある日、党首伝一から命じられた重夫の監視役である佐藤四郎と共に、豊子からの資金調達にまた失敗して会社にもどると、会社は騒然としている。

大勢の男たちがいきなり会社から飛び出してきてトラックで逃げ去った。

会社では悲惨な事件が起きていた。

「**革命党でない革命党**」の党首であり、絶対的な権力として君臨していた独裁者である兄の伝一が、高い天井からさかさまに縄で吊り下げられて服は脱げかかり、鼻血を垂らしながら半死半生の様子でぶら下がっている。

　傍で経営者でクリスチャンの榎本老人が、歓喜の絶頂にでもいるような有頂天な笑いを顔いっぱいに浮かべて叫びながら、その伝一の身体を揺さぶりいたぶっている。

「おい！　え、いいじゃないか！　ほれ、見ろ！　お前の兄貴は、おれたちをだましゃあがったので、ごらんの通り、吊るし上げさ」

　驚いた重夫が、榎本老人を詰りながら瀕死の兄伝一を縄から助け下ろし、佐藤四郎と共に介抱している時、突然榎本老人がその場に昏倒して意識不明になる。

　しかし、伝一は、何事もなかったかのように平気な顔で重夫に言う。

「おれはいつも大丈夫さ」

「おれが革命党から除名されていたことが、ばれただけなのさ」

　それから、佐藤四郎に向かって説明する。

「工場のストライキに敗北した直後、細胞が除名を決議して、本部がその決議を承認したというわけさ。おれが極左的偏向を犯したというのがその理由だが、ストライキに失敗さえしなければ、かえって賞賛されたろうよ。つまりおれは革命党から殺された人間なんだ。この殺されたという意味が君に判るかい？　殺すということは、相手を自分にとって全く関係のないものにするということではないか。動機が何であっても、殺すということはそういうことなんだぜ。党から、おれは除名によって党から無関係なものにされたんだ。名前だけが、除名されたんじゃない。殺されたのだ。党からおれは殺されたんだ！」

「おれは党から殺された人間として、はじめようと思った。このおれが最初の政府なのだ。だからこのおれがその政府の絶対的な独裁者であることは、当たり前じゃないか。だからまた、このおれがその政府一切の可能性であることも当たり前じゃないか。みんなは、このおれの政府に加入したというだけであって、このおれという政府の党員に（おれが創り、おれが絶対者であるおれの党に加入している一介の党員である者たちに）このおれを非難する権利などありはしないのだ。怒る方がどうかしている。

……だが、おれはだまっていた。おとなしくされるがままになっていた。……おれは決して死なないということを知っているからだ。おれは死ぬ筈はないのだ。……死はおれにとって永久に実現しない幻想だよ」

言い終わると、伝一は、事務的な口調になり、佐藤に向かって、重夫に金を都合させたかどうか、詰問した。

「ここに政府があり、ここにまだ委員会があるじゃないか。そして、君は、それに対してあの男に違約させないように監視を命ぜられているんだぜ！」

「**革命党でない革命党**」の活動資金調達に失敗した長島重夫は、その責任を糾弾され、党首兄伝一から命じられた佐藤四郎によって、伝一から預けられたピストルで射殺される。

重夫は、党員でもないのに党に協力させられ、まったく意に染まぬ実践を強制させられた挙句、失敗した責任を自分の命で償わせられたのである。

長島重夫を殺して殺人者となった佐藤四郎は、翌日、東京を離れて埼玉の母方の実家である農家に行き、その農家の屋根裏部屋にこもって信じられないような奇妙な方法でピストル自殺を遂げる。

長島重夫の手記によって、兄伝一は、実弟重夫殺害を佐藤四郎に教唆した罪で逮捕される。しかし、伝一は、佐藤が自分の意向を全く誤解したものであると、頑強に陳述して釈放されるのである。

あらましは以上のようになるが、この『赤い孤独者』は一筋縄では読み進めない。いたるところに、作家椎名麟三は問いを仕掛けており、読み手はそれに絡めとられるからである。

それは、主人公長島重夫の口を通してだけではない。作中人物のそれぞれが問いかけてくる。

問いは多岐にわたる。だから、読み手はその都度、読むのを止めて立ち止まらなければならない。

しかし、椎名麟三自身が、それまで幾度となく自問し、かつ自答を試みて、まだ得心できる答えを見出しかねているものを、渾身の力を込めて読み手に投げかけ問いかけてくるのだから、読み手は、その問いに向き合いはするものの、立ち止まったまま、それらの問いの重たさに疲れてしまう。

ためしに、それらをいくつか拾い出してみよう。

例えば、主人公長島重夫は、兄伝一から次のように存在理由を規定されている。

「お前は石ころだ。生産関係においても政治関係においてもだ。石ころにはたった一つの自由しかない。資本主義社会の搾取のための道具になるか、革命のための道具になるかをえらぶ自由だけだ。革命のための道具になることをえらんでもわれわれはお前が、役に立たなくなれば雑作なく石ころのように棄てる。経済的な法則によってだ。

おれとお前がどんな関係にあるんだ。おやじとおふくろがおなじで兄弟ということにとらわれるなんぞはくだらないセンチメンタリズムだ。兄弟という名前が道具だと気づかない馬鹿野郎だけがこの道具にまんまと動かされるんだ」

兄伝一からこのように関係づけられている弟長島重夫が、なぜ、生きるために不可欠な義務でもないのに、兄の理不尽な要求に従ってしまうのか。

従うことで愛する者を失い、望まない生き方を強いられて命まで奪われてしまうというのに……なぜ?

この問いの前で読み手は立ち止まってしまう。


佐藤四郎は、このような重夫を評していう。

「ちょっと立ち止まれば命の危険から助かるのに、長島重夫には、立ち止まるというあの人間の叡智がない。だから、彼はどうすることもできないのだ。

彼はそれを性格だからしかたがないと考えているようだが、性格なんかじゃない。人々の眼のどれいなのだ。だから、やがて人々の眼にところてんのように押し出されて断崖から落ちて死ぬ。

長島重夫は、なぜ、人々が固唾をのんで見守っている眼の前の断崖に気づかないのだ？」

しかし、長島重夫自身は、つぎのように述懐するのである。

「僕は、兄が、何を革命の先に夢見ていようが、革命党が革命党であるかぎりに於いて、革命党でないということが戦術的な偽装であるかぎりにおいて、自分のプロレタリアとしての歴史的な必然性を自分の事実として証さなければならない。

僕は、革命党を歴史の流れて行くもっとも自然な通路として理解している。しかも、僕には、何のなぐさみもない深い絶望と同時に痛切な要求が感じられてならない。

ぼくはこの時代の自分の運命をみじんの容赦もなく生きたいのだ。自分のすべての行動が、自分にとって無意味であり、その無意味であるという点にだけ自由と解放の喜びを感じるに過ぎない人間の運命を生きたいのだ。

未来の喜びや幸福を遂に知らず、日々に権力から殺されて死体となり、死体となることで、石ころとおなじ存在を許されるに過ぎない人間の運命を生きたいのだ。

矛盾であり、醜悪でもあるこの時代の運命を生きたいのだ。これらの運命をみじんも狂いなく生きねばならなかったこの時代の人間の運命を生きたいのだ。

もちろん、この避けがたい運命は、僕にとっておそろしい」

なぜ、こうなるの？　読み手は、ここでも立ち止まる。

榎本孔版社の社主榎本老人は、いつもにこにこと上機嫌で怒った顔を見せたことがない。「神などありゃせんのだ」と口にしながら、神と愛について語り、日曜日にはきちん教会に行く。クリスチャンを任じる経営者でありながら「革命党でない革命党」にも入党する。しかし、党首長島伝一に「裏切られた」と感じるや、手ひどいリンチで執拗にいたぶり瀕死の重傷を負わせる。

読み手はまた、立ち止まる。なぜ？

長島重夫の在り様について、冷徹で容赦のない判断を下す佐藤四郎だが、自身はどう生きているかといえば、愛する英子が自分を棄てて重夫に走り、重夫から棄てられて自殺未遂をすると、親身になって介抱するお人好しで良心的な男である。

かつて革命党から脱退した過去があるが、再び「**革命党でない革命党**」に入党し、党首長島伝一に一か月分の全収入や大切な持ち物を供したりする。気が進まないのに伝一に命じられて裏切り者を殺すためのピストルを預かる。

一見、盲目的に服従しているように見えるが、内心では、「伝一は、党を資本主義社会に反対する反社会性としてしか考えておらず、未来の社会に対する憧憬などみじんもない。それに、反社会性を保持するために、かえって資本主義の永続を望むという矛盾に陥っている。何という滑稽！　彼はただのニヒリストだ。見せかけほど恐ろしい人間ではない。ただ世にすねているだけだ」と厳しく断罪している。

そして、革命のために人は決して殺されてはならないと確信しているにもかかわらず、長島伝一に命じられて重夫を殺し、自分も自殺してしまう。

読み手は、たじろぐばかり。


長島伝一は、弟重夫に向かっていう。

「一切の権利を奪われているプロレタリアにとっては、死ぬ権利だけが唯一の可能性だ。この権利を利用して新しい歴史を作り出さねばならない。それを暴力だとか暴力革命だとかいうのは愚の骨頂だ。われわれには死のほかは何もない。

こういう話はお前にだけはしたくないと思っていた。底抜けの馬鹿だからだ。だが、お前が必要なんだ。この榎本孔版社の奴等は手に負えないルンペンプロレタリア的なひねくれ者がそろっている。彼らはあらゆる団体や思想から跳ね出された人間だ。だから資本主義社会に対する戦線が組織されなければならない。しかも、他の職場と違って、革命主義者はもちろん、あらゆる思想傾向をもっている、たとえばクリスチャンまで包括できる組織でなければならない。

いわば、「革命党でない革命党」という性格をもったものだ。おれはプロレタリア革命を信じているが、榎本のような奴等を組織するためには戦術として「革命党でない革命党」というようなスローガンを採用しなければならないんだ。

つまり、指導理念は、あくまで革命党だが、表面的には、革命党とは別個の形態をとるということだ。佐藤四郎は真先におれの趣旨を理解した」

その伝一は、結党会議の席上で次のように宣言する。

「準備委員会で、この同盟の性格を『**革命党でない革命党**』と規定しました。その性格は一言で言えば矛盾です。しかし、この矛盾は、運動の積極性の証明であり、矛盾の故に多くの大衆が組織され、組織された大衆が、その矛盾を絶対的な真理へ解消するのです。

『革命党でない革命党』という本同盟の性質上、今後、戦術や方針が、正当であると同時に誤りであるということが生じます。時々刻々に変転する現実にしたがって、昨日否定された方針が、今日肯定されるということも生じます。

このような組織が他に対して戦いうるためには、同盟員はただひとりの人間に絶対的に服従すること、またその人間の正義は死によって守られるということです。党は彼であり、彼の正義は、自分の反対の者を殺す権利の上にかがやいているのです。

人間が敵をゆるす権利をもっているなどと考えるのはブルジョア的センチメンタリズムだ。敵に対すると同様、運動に対するどんな小さな怠慢にも死刑をもって対さなければならない。われわれの正義や自由はただひとりの独裁者にゆだねられるのだ。いわば、ひとりの人間が、われわれの正義や自由でなければならない。

われわれはいま、そのひとりの人間をえらぼうとしているのだ」

「**革命党でない革命党**」は結成され、長島重夫の兄伝一が委員長つまり独裁的専制党首に選任される。

この時、協力はするが党には加入しないとひとりだけ拒否した長島重夫は、兄伝一から先に述べたような任務を遂行するよう要求されるのである。

読み手は、ここで、椎名麟三の投げかける問いを受け止めかねて疑問と混乱に陥る。

しかし、例えば、次のように読みとることができるかもしれない。

かつて共産党員であり、獄中で転向した過去をもつ作家椎名麟三が、敗戦後の社会の荒廃と混乱のなかで、希望の光のようにして再び視界に入ってきた新しいマルキシズム運動のうねりを、作家として直接間接に体験しつつ、自身の過去の実践活動の原体験から導き出された転向ということをもテコにしながら、政治というもの、思想というもの、組織というもの、運動というもの、実践活動というものが、〈**人が、人として、人らしく、人々との関係において生きていく**〉ためには、どのような関係に位置づけられるべきなのか。あるいは、また、それに自覚的であるとはどういうことなのかという観点で、それぞれの作中人物たちに問いかけ、かつ語らせている。

このことを問いかけ語らせるために、作家椎名麟三が造型し肉体化した人物たちは、いうまでもなく椎名麟三自身の分身たちである。見えるカタチとしての人物たちに、どれほど印象の違いがあろうと、どれほど対照的、対極的に見えようとも、彼らはみな、椎名麟三の一面の投影である。

彼らは、椎名麟三の来し方と、現在であり、椎名麟三が向き合い苦闘しているものの外面であり、内面である。表面であり、深部でもある。昼でもあり、夜でもある。

そして、椎名麟三のすべて、日常の生活、思想、観念思念、心情などが総動員されて、「人間は二つのものを、同時にほんとうのものとすることができるのか」という根源的な難問の力点を、階級意識に基づく政治参加としての「革命党」の実践活動に置いている。しかも、退路を断った極限状況が設定されたなかにおいてである。

そこで、椎名麟三自身の自問自答が、それぞれ独立し肉体化された分身たちによって問われ語られるのである。

大きくは、当時、文学の世界で争われていた「政治が文学に優先するのか、それとも文学が政治に優先するのか」という命題のもとに、例えば、「個人か全体か」、「組織か人間かあるいは「自己か社会か」というように、人間の在り様が、二者択一的に問われるのである。

しかし、本来、人間は二面性（多面性）をもつ存在である。

人は状況を生きるためにどちらか一方だけを選ぶことはできない。

もし、そのようにあれかこれか、どちらかを選んで生きなければならないとしたら、その人の思想や行動は行き詰まり死と絶望に通じることになるかもしれない。

まして、その選択が人間存在の根源的なものに触れれば触れるほど状況は切迫して深刻なものになる。

このいわば解のない、あれか、これか、が、椎名麟三の自覚的存在としての分身たちによって試みられたのが、この『赤い孤独者』である。

ここで、目に見えているのは、現実現状を否定しかつ拒絶しながらも受容するしかない〈生きるということのつらさ、**無意味さと絶望**〉であり、〈**あらゆるものはすべて矛盾の存在である**〉とする**両義性にゆれるニヒリズムである。**

しかし、目には見えないが、〈隠し球〉のように触ってみると確かに存在するであろう希望の曙光をも感得することができるのである。

かつて椎名麟三自身がそうであったように、この小説の登場人物たちのおおかたは「赤い孤独者」である。

そして、〈人間はみな、不条理な存在である〉と、自覚することによってみえてくる生きていることの無意味と絶望、そこから生じるニヒリズム。この世に存在するものは、すべて両義的であり、矛盾撞着したものであると認識しつつ、それを否定し拒否しても、結局、どんなかたちにせよ、受け止めて受容しつつ、生きつづけるにはどうすればいいのか？

そのシンボリックな存在として、『赤い孤独者』のなかで、長島重夫と佐藤四郎、長島伝一が造型された。

手記の筆者、主人公の長島重夫は、あたかもイエスのように没義道に殺されなければならない存在として……。

佐藤四郎は、分身を殺した殺人者として、生き残れるかもしれない可能性を残しつつ自殺する存在として……。

なぜなら、二人は、時代や状況に対して、真摯に向き合い問いかける椎名麟三の作家としての究極の〈よりよき半身〉だからである。

では、長島伝一は、どのような存在として描かれているのだろうか。

いかなる苦境に陥ろうとも、目の前の困難や危機をどうにかして凌ぎながらしたたかに生きつづける伝一は、いうなれば、椎名麟三の血と肉、つまり、心臓が宿る肉体そのものであり、椎名麟三の生命維持装置としての分身なのである。

作家としての椎名麟三は行き詰まり、すべてを一度総決算しようとして、『赤い孤独者』を遺書のように書いた。

それまでを清算して、長島重夫や佐藤四郎のように作家として一度死のう(比喩的に)と考えていた時、目の前に、忽然と一枚の大きなタブローが出現したのである。

そこには、自らの死を確実なものにするためだけの重い十字架を肩に背負い、ゴルゴダの丘を登るイエスがクローズアップされて描かれている。

目を近づけてなおよく見れば、その顔は、長島重夫や佐藤四郎にも酷似していた。

作家椎名麟三は、そのタブローを凝視しながら、『赤い孤独者』の最終章を書き終えたのである。

つまり、クリスチャンである高梨豊子が入院している病室に飾られていたピエタに寓意される回心によって、長島重夫と佐藤四郎（作家椎名麟三）は死からよみがえり、長島伝一（椎名麟三の肉体）と統合されて新しいスケールの人間（作家椎名麟三）となって復活するということが暗示されているのである。

これこそが、作家椎名麟三が辿り着いた一つの着地点であった。すなわち、受洗してキリスト者となる作家椎名麟三の新生が予見されているのである。

こうして、作家椎名麟三は、やがて新しい作品『邂逅』を書き始めるのである。

［参考文献］
『現代日本文學全集　椎名麟三集』　筑摩書房

『椎名麟三全集3』　冬樹社
『論集椎名麟三』　椎名麟三研究会編　おうふう
『物語戦後文学史』　本多秋五著　岩波現代文庫
『戦後史の正体』　孫崎享著　創元社

『邂逅』 ── 光のほうへ

椎名麟三が、日本キリスト教団上原教会、赤岩栄牧師宛に「洗礼志願書」を提出したのは一九五〇（昭和二十五）年十二月二十三日（土）。実際に洗礼を受けたのはその翌日二十四日（日）のクリスマス礼拝後である。

一九五〇年末といえば、『赤い孤独者』の初稿をほぼ書き終わってはいたが、終章をどうするか呻吟していた頃と思われる。この後、手記の形に全面改稿して翌年四月に刊行している。

当時の心境について、『私の聖書物語』のなかで、つぎのように述懐している。

──「その頃私は、死んだほうがいいし、死ぬべきだと思っていた。もちろんこの私にそう思うことができたのは、自分は臆病者で死ぬことができない人間であるとはっきり知っていたからである」

──「私は、自分の生き方に行きづまって、一番いやなものに近づくように聖書へ近づいた」

――「そもそも人間の自由は「私」にあるのだろうか、それとも「奉公」している私にあるのだろうか。私の結論を言えば、どちらの自由も、その一方が廃棄されているかぎり嘘である。私たちは、ふだんでこそ、そこをうまくごま化してあいまいに生きているが、何か事があったとき、たとえば戦争や拷問というようなギリギリの場所に立たされたとき、どちらかの選択を決断しなければならない。一方に関して嘘の自分にならなければならないのである。

この矛盾を何とか生き抜こうとして『赤い孤独者』という作品を書いた。そして私は全く行きづまってしまったのである。いつどんな場所におかれようと、同じ自分でありたいという素朴な私の願いは破産してしまった。

いつも全体的であり、同時にただひとりの自分であることができないかぎり、どんな生き方をしても、自分を裏切ってばかりいなければならなかった。

その私にとって、神にして同時に人であるというキリストの同時性がうらやましく見えて仕方がなかった。だから聖書を読みはじめた」

そして、ドストエフスキーの忠告を唯一の頼りとして、信じられないままにキリストへ自分を賭けて、洗礼を受けたのである。

受洗時の感想を「頭の禿げかかった四十男」「彼」という三人称で、つぎのように記しているが、ここでは主語を省いて引用する。

――「クリスマスの日、上原教会の赤岩栄牧師から洗礼を受けたのだが、牧師の手から、何のことはない頭に二、三滴の水が落ちただけにすぎなかったのである。何ごとも起こらなかった。全くおかしなほど何ごとも起こらなかった。だが、洗礼を受けた後で、教会のひとびとが口々におめでとうを言った。ますます変な気持ちになって来た。何かが妙な工合だった。で、その集会が終ると、急いで便所へ行って長々と小便をした。どうにもバカらしくてやりきれなかったからである。便所の窓からは、アッケラカンとした寒そうな青い空が見え、片方の紐のとれた衛生マスクの形をした白い雲が浮かんでいた。洗礼など全く何ごとでもなかったことを改めて確認したのであった。だが、情けないことにどうしても生きたかったし、ほんとうに生々と生きたかったのである。

だからその日、机に向っていたときも、生きたいあまりに仕方なく自分にとって無力な聖書を読んでいた」

つまり、信じられないが、頼るしかないキリストに自分を預け委ねたのであるが、椎名麟三のなかでは、イエスはなお十字架上で完全な死を死んだままであり、まだキリストにはなっていなかった。

それでもなんとか生きようとして自分にとって無力な聖書を繰り返し読みつづけたのである。

そして、受洗から一年近く経ったあるとき、三番目の福音書であるルカ伝の復活のくだり（二四章三七節～四〇節）を読んでいると、突然強いショックを受け、足許がグラグラ揺れて、信じていたこの世の絶対性が、餌をもらったケモノのように急にやさしく見えはじめたのである。

その一瞬に、椎名麟三が見たものは、確実に死んでいるイエスであり、同時にまた、信じられないことであるが、確実に生きているイエスだった。

つまり、死んでいて生きているイエスをそこにはっきりと見て、生と死が、たがいにおかすことなく同居しながら、たがいに唯一絶対のものとなることができずに、しかつめらしくも支えられているイエスの肉と骨とに、いままで見たことがない人間の真の自由を生々とみたのである。

そして、イエスの「父の約束されたものをあなたがたに贈る」という言葉に、バクチのように自分の存在を賭け、賭けることによって逆にその必然性をはっきりと知ったのである。このような、突然の啓示による回心体験によって、「死んだほうがましと思うけれどもやっぱり生きていたい」椎名麟三は、ようやく立ち上がり、新しい一歩を踏み出す。つまり、復活して新生したのである。

一九五二（昭和二十七）年一月、椎名麟三は、新しい長編小説『邂逅』を『群像』に連載しはじめ、十月に連載を終了して完結する。そして、十二月に早速「講談社」から単行本として刊行している。単行本化のときに修正がなされたようであるが、手許にあるのはこの「講談社」刊行の復刻版なので基本的にこれをテキストにする。

椎名麟三が長編『赤い孤独者』を書いたのは三十九歳のときであるが、その後の劇的な回心体験をへて、この『邂逅』を書き上げたときには四十一歳になっていた。

この間に十数編の短編を発表しており、それらを時系列で検証していけば、あるいは、当時の椎名麟三のこころの軌跡をよりつまびらかに覗うことができるかもしれない。

が、ここでは、回心後に書かれた新しい長編小説『邂逅』にしぼって考察していきたい。

『邂逅』を「講談社」から単行本として刊行したときに、つぎのような「作者の言葉」を記している。

――「人間の生き方はその人間が何に出会い何に対してたたかってきたかによって、決定されると思う。そして、僕の場合、その敵は人間の内部に隠されているニヒリズムであった。それは個人と社会、愛と自由、孤独と連帯、意識と行動などのさまざまな分裂をもって僕達を苦しめているものなのである。

僕は、僕自身のために、そして僕の時代に対する責任としてそれをひきうけようとした。この『邂逅』は、過去のそのニヒリズムに対する僕のたたかいの記録であるとともに、その分裂から自分を回復し得た自由と喜びの告白でもある。その回復は、その表現の仕方においても実証されなければならなかった。それが判っていただけたら幸いである」

（斎藤末広著　作品論　椎名麟三　第七章「邂逅」論下から　引用）

つまり、小説『邂逅』は、人間存在を、あれか、これかの対立項で分断し、分裂させて、その実存を脅かす「人間の内部にひそむニヒリズム」とたたかいつづけてきた椎名麟三の過去のたたかいの記録であり、その分裂から自己を回復することができた自由と喜びの

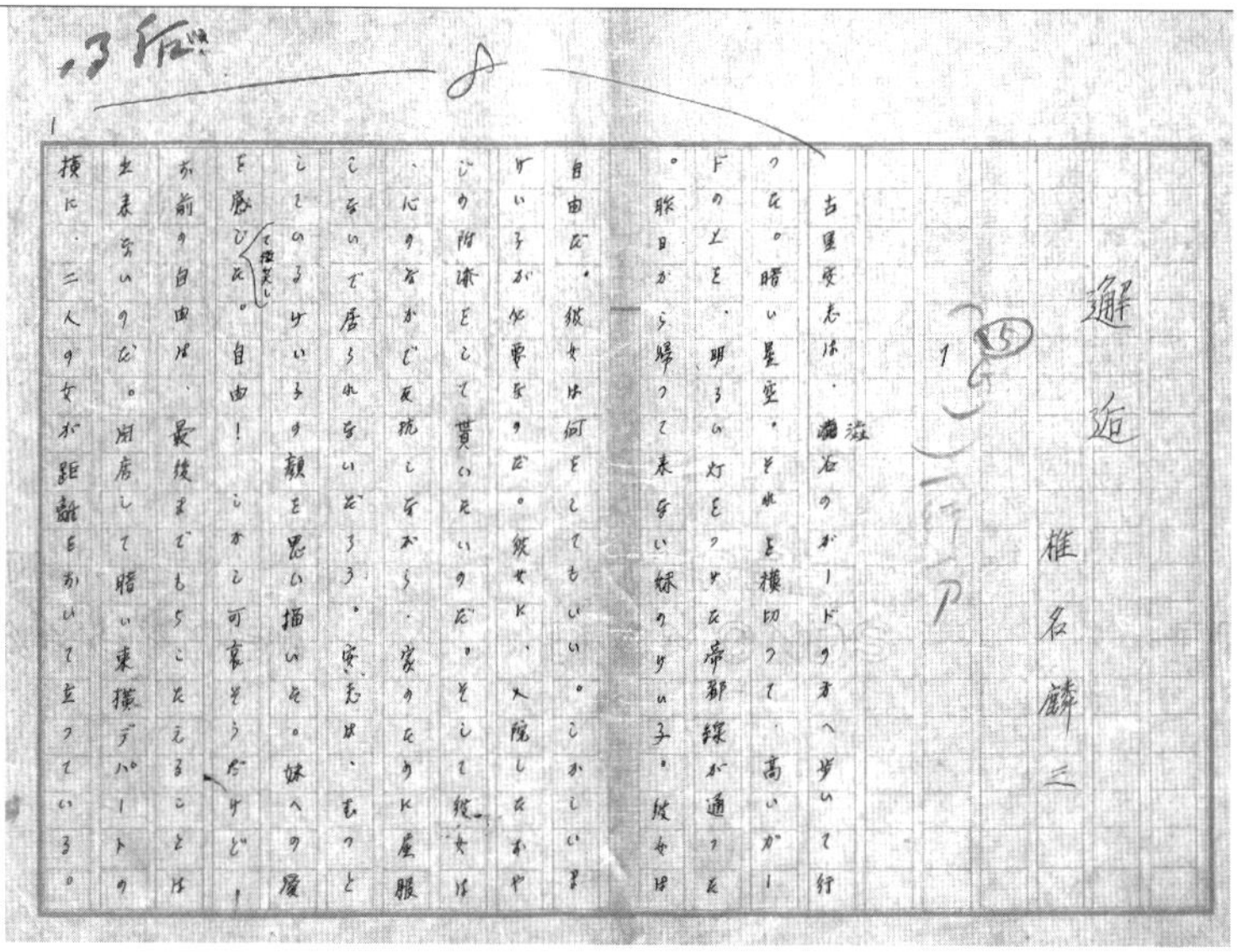

『邂逅』自筆原稿（姫路文学館提供）

告白である……と。

言い換えれば、回心によって、自己を回復し、救済することができたキリスト者椎名麟三の、そこに至るまでの道程と行き着いた場所で安堵の笑みを洩らしながら、無限の視界を眺望して、生きるとはこういうことかと頷いている小説なのである。

ゆえに、この『邂逅』は画期的な小説なのである。

したがって、椎名麟三自らが言明するように、内容はいうに及ばず、表現上でもそれは実証されているはずである。

以上の視点を踏まえながら、『邂逅』を概観してみよう。

時は、一九五一（昭和二十六）年頃の師走の東京。

どこからか軍艦マーチが聞こえてくる京王線・明大前の六畳一間と二畳の土間があるだけのバラックに家族六人で住んでいる二十八歳の貧しい電気工夫古里安志は、突然降って湧いた、二つの災難に見舞われていた。

一つは、ニコヨンと呼ばれる日雇いの登録人夫として働いている父平造が、建築現場で片脚切断という瀕死の重傷を負い緊急入院して母たねが付き添っていること。

もう一つは、浦田電工でタイピストをしている妹けい子が、同僚に平和擁護のパンフレットを配り、アカ（共産党）と疑われて会社をクビになりかけていること。家にはもう一人肺病で寝ている妹時子と、小学校五年生の弟岩男がいる。

仕事から帰ると深夜までラジオ組み立ての内職をしてやっと一家を支えている安志にとっては、この災厄は一家の死活問題である。

けい子の解雇だけは何としても食い止めたい安志は、不当解雇を会社側に訴えるという正攻法によらずに、ツテにすがって解決しようとする。

ツテとは、書類上、けい子の身元引受人になっている野原知也のことで、けい子がタイピスト養成所で一緒だった実子の兄である。

小田急線・豪徳寺に住む野原家は、由緒ある家柄の裕福な資産家で、亡父は、けい子が勤める浦田電工の経営陣だったが、今はほとんど資産を失い、零落して破産に瀕している。

当主の野原知也は、生活するために仕方なく茅場町にある日本証券に勤めているが、切手の蒐集のほかは何ごとにも無関心で、ひたすら孤独を愛し、生きていることにどんな意義も見出せずにいる。入社時のけい子の身元引受人になったのも、妹の実子が、知也の名義を勝手に借用したからである。

タイピスト養成所で一緒だったけい子、実子、白川民江たちは、自由連盟を結成して酒を飲むこと、男から自由であること、結婚しないことなどを入会資格にして、帝都線・渋谷駅の近くにある中華そば屋「喜楽」をたまり場にしている。

メンバーの白川民江は、資格をとっても働かないで気ままに遊んでいる野原実子に対して、階級的なコンプレックスと同時に激しい敵愾心を抱いている。

総武線・祐天寺に下宿しているけい子の恋人、石田確次は、かつて安志が働いていた職場の仲間であったが、レッドパージで会社を追われ失業中の共産党員で、けい子と関係をもちながら、たまり場で知り合った野原実子から密かに毎月金銭援助を受けている。

それぞれが、それぞれの生き方を模索しながら、たまり場「喜楽」に集まっている。

けい子の解雇の件で口添えを頼むために安志は、野原実子の案内で、野原知也を訪ねるが、長時間待たされている間に疲れて眠り込み、知也と話すことができず、実子から間接的に知也が安志の頼みを一応承諾したと聞かされる。

このことを知った石田確次は、安志を非難する。

真っ当で何の罪も犯していないけい子の不当解雇に対して闇ルートを使って助けようとするなど間違っている。クビが繋がればいい、助かればいいという問題ではない。事前に知っていれば止めた……と。

「そりゃ、そうかもな」と安志は微笑しただけだった。

平和擁護のパンフレットを配っただけなので、野原知也が重役に一言口添えしてくれれば事は済むと担当者から聞いていたが、知也は頼んだことをしてくれなかった。

安志は、茅場町の勤務先へ直接、野原知也を訪ねたが留守だった。自宅へ電話するとまだ帰っていない。再度、知也の会社に電話すると今度は帰宅した後だった。

ムダだからやめとけと確次は反対したが、安志は、もう一度野原家を訪ねて、直接知也に頼もうとする。また実子に案内してもらおうと、たまり場の「喜楽」に行くが、約束の時間に遅れて実子はいなかった。

一人で野原家を訪ねると、妻の沢子が出てきてまだ帰っていないと言う。落胆した安志がとぼとぼ帰っていくのを二階の窓から、居留守をつかった知也が冷然と見下ろしていた。

明大前のバラックの自宅に戻ると、けい子はまだ帰宅しておらず、岩男が、学校で同級生のパチンコ屋の息子木下を手製のナイフで刺して二週間の怪我を負わせていた。家が貧乏だと嗤われたからだった。

パチンコ屋の木下が担任の先生を連れて怒鳴りこんできたけど、おれは悪くないから謝らなかった。木下はパチンコの機械に不正ばかりしているし、担任の福井先生の秘密も知っているから、二人とも怖くない。いざとなったらそれをバラしてやる……と、岩男は悪びれない。

警察が来ても怖くない。兄ちゃんが共産党だから、おれも同じ共産党だ。安志が否定すると、近所の人がそう言っているし、おれもそう思っていると、言いつのる。

謝りたくないなら無理に謝らなくていい。そう言うと安志は、小学校五年生の岩男に手製のナイフを持たせて明大前の改札口に連れて行き、そこに立たせて、電車から降りてくる奴を片っ端からやっつけろと、怯む岩男に命じた。

岩男が、ポケットのナイフを握りしめ、固い顔で立っていると、改札を出てくる乗客たちに押されてよろめき、避けようとしてぶつかられる。そのうち、酔っ払いにぶつかられて倒れ、尻餅をついた岩男に、酔っ払いは罵声を浴びせて立ち去った。

改札口を出てくる人がいなくなると、岩男は我に返ったような顔になり、しょんぼり家へ帰っていった。

そんな岩男の姿を物陰から見届けてから、安志は、まだ帰ってこないけい子を探して総武線・祐天寺の確次の下宿を訪ねると、確次と実子がいてけい子は帰った後だった。

安志は実子に、野原家を訪ねたが知也には会えなかったと告げる。

夜の九時を過ぎていたが、実子と一緒にもう一度豪徳寺の野原家へ知也を訪ねる途中、疲れてふらふらしながら歩いている安志を、実子は、気づかれないように道の端から崖の下へ突き落とす。頭から血を流して笑いながら平気な顔で安志は、野原知也を訪ねた。

妻の沢子が出てきて知也は部屋に鍵を掛けて酔っぱらって寝ていると言う。

安志が沢子に怪我の手当てをしてもらっている間に、実子が鍵を壊して部屋に入ると知也は眠りこけていて話せる状態ではなかった。諦めて安志が帰りかけると、実子も一緒に家を出ると言う。

こんな家にはもう二度と戻りたくない。塩酸コカインを飲んでいる兄は明日死体になっているだろうと思いながら……。

明大前までの切符二枚を買うと、実子の所持金は二八〇円しか残っていなかったが、素知らぬ顔で下北沢で下車すると馴染の割烹で安志にご馳走すると言う。

もう夜の十時で遅いからと断る安志を、実子は高そうな店に連れていき、ツケで食べさせてと頼むが体よく断られ、プライドがずたずたになる。

下北沢の駅で実子と別れて明大前の家に戻ると、けい子はまだ帰っていない。

夜中の十二時近くになってずぶ濡れのけい子が見慣れない服装で帰ってきた。途中でドブにはまって友達に寝巻きを借りたと言う。

しかし、事実は、会社はクビになるし、恋人確次との関係はこじれて冷え込むしで、生きているのがいやになって、荒川堤で入水自殺を図ったのだが途中で思い直して帰ってきたのだった。

帰る途中、明大前駅のホームで野原実子に会ったとけい子から聞いた安志は、深夜の明大前駅へ実子を探しに出かける。

実子は、ホームにではなく駅の詰所にいた。ストーブにあたらせてもらっていただけだと弁解したが、この時、実子は心底、途方に暮れていた。

夜の十時頃に下北沢で、安志と別れたあと、所持金二八〇円ぽっきりから二六〇円をつかってタクシーを飛ばし、金を借りようと、知り合いの金満家松島要太郎を訪ねると、三千五百万円という途方もない借金と債権の山にうずもれて見る影もない姿で借家に逼塞していた。

やっと五百円札一枚を手に入れ、その金でまたタクシーに乗り、最近金回りがよくなったと自慢するたまり場仲間の民江の家を訪ねると、それまで何度も金をやっているし、酔っ払った民江を、その日も家まで送ってやったのに、あんただれ? あんたなんか知らないわと冷笑される。

実子は、スキを見て千円札がはみ出している民江の安物のハンドバッグを盗んで立ち去ったのだが、行く当てがなく途方に暮れて、安志の家のある明大前駅にいたのだった。

安志は、実子に会った瞬間、いつもの実子ではないと直感して、家まで送ってあげるからと、深夜、その日三度目となる豪徳寺の野原家へ一緒に行く。

行く途中で、実子は安志に、兄はきっと死んでいる。夕方安志と一緒に行ったとき、塩酸コカインを飲んで無我夢中だったからと事実を告白したが、知也は、まだ生きていた。

しかし、妻の沢子がいない。実子を追いかけ回して野原家を訪ねているうちに沢子と懇意になった肺病病みの青年天野直太郎と駆け落ちしていた。

もうここには何もない。実子も出て行け。こうなったのはすべて実子の責任だからと、知也は詰る。

知也は致死量の塩酸コカインを飲んでいるはず。やがて死ぬと思い、実子は、階下の応接間に戻ると、安志にいまから一緒に死んでと迫る。

生きていくんですよ。みんなと一緒に生きていくんですよ。疲れた実子を労わり励ましながら、自分も疲れ果てた安志は、そのまま野原家の応接間で寝入ってしまう。

知也はまだ死んではおらず、実子と安志が家から出て行くのを二階で窺っていた。


翌朝、安志が目を覚ますと、実子はまだ眠っている。二階へ上がると開け放した部屋で知也が死んでいた。

実子に知らせ、病院へ電話して、完全に死んでいるが生き返るかもしれないからすぐ来てほしい……と、要領を得ない奇妙な連絡をする。聞いていた実子は一瞬安志の手を握るがすぐに離して、バカだ、気狂いだと安志を罵り、すぐ出て行けと激怒する。

死んだ知也の冷たい手と実子の温かい手を交互に感じながら安志が家に戻ると、入院中の父平造が危篤になっていた。けい子は病院に行って留守だった。安志が病院へ駆けつけようとしていたら、死んだと連絡が入る。

病院で父平造の遺体と対面したとき、安志は、父もやはり、野原知也と同様に、絶対的な死を死んでいるとはいえないのだ、と感じたのである。

母たねを連れて家に戻ると、実子が来ていた。天野直太郎と駆け落ちした嫂の沢子が淀橋警察署にいるから迎えに行くところだと言う。どうして安志の家にわざわざ寄ったのか訝りつつも、安志は、実子に父の死を告げる。

実子は、安志の家を出て沢子の身柄を引き取りに行き、豪徳寺まで送って別れる。もう二度と会うことはない。豪徳寺の実家とはもう何の関係もなくなった、この自分も、いままでの自分とはもう無関係になってしまった。そう思いながら、祐天寺の石田確次の下宿を訪ねる。

安志の父の死を告げ、一緒に弔問に行こうと誘う実子に、確次は言う。

安志にもけい子にも、もう何の関与もしたくない。けい子との関係は失敗だった。あんないい加減なヤツらは友達ではない。それに昨日、安志はクリスチャンだと知った。

実子が言う。何もかも失って無一文になってしまった。行くところもない。確次とはうまくやっていけそうだから一緒に暮らそう。知り合いのキャバレーで働いて生活の面倒は見る……と。

冗談は安っさんだけで沢山だと、確次は、実子の申し出を拒絶する。

実は、確次は、共産党の同志の世話で柏崎の鉄工所に職が決まり、けい子や安志、実子とも関係を断ち、一切を清算して、東京を離れて新潟で新しい生活に入る準備をしていたのだが、内緒にしていたのだった。

実子は、もう誰からも信用されていないのが身に浸みたが、ともかく弔問にだけは行こうと、確次と一緒に安志の家に出かける。

安志の家では、解雇辞令を受け取ったけい子が、本気で不当解雇と向き合いはじめ、安志と一緒に解雇の撤回を求めて会社へ抗議に出かけようとしていた。

実子に誘われてしぶしぶ弔問にやってきた確次だったが、けい子が、安志と一緒に会社へ抗議に行くと知ると、人数が多い方がいいからと実子にも一緒に行ってくれと頼む。いろんなことがわかるからと、安志は、小学生の岩男も連れていくことにする。

師走の朝、十時頃。

安志、けい子、確次、実子、岩男の五人は、揃って古里家のバラック小屋を出て、明大前駅に向かう。

確次が安志に言う。

「お前は、クリスチャンだっていうじゃないか」

安志は噴き出す。

「おれは、自分を一度もそう考えたことはないよ。みんなは、そう呼ぶかもしれないけれどな」

確次は黙った。安志はそういう確次にいままでにない身近な親しさを感じた。

雲が切れて日が射してきた。

確次は、さっき安志に言ったことばを心のうちで繰り返すと、ずっと前を歩いていく長身の安志の後ろ姿に目をやりながら思った。

けい子のこの問題を、どうして最初から社会全体の問題として取り上げなかったのだ。どうして今になってくるりと変わることが出来るんだ。いや、それでも、お前が、そのように動けるということはいいことだ。ただ、今日かぎり、おれはお前にたいして、無関心でいることにきめた。それが、おれの到達した決定なのだ。おれは、明後日、新潟に立つ。もうお前を憎んだり怨んだりしない。ただ無関心なだけだ。お前が勝手に、一方的に、おれを親友だと思ってくれても構わない。お前は、実際そうするだろう。しかし、おれは、あくまでお前に対して無関心でいるだけだ……。

確次は、けい子をふり返った。気が狂ったのではないかと思えるほど、今までのけい子に似合わない気取った顔で歩いている。けい子、お前ともう会わないよ……。

ハンドバッグのなかの毒薬の瓶の重さを感じながら、実子は思っていた。

あの一番前を歩いているあの男に対してこの瓶を持っているということがわたしをよみがえらせてくれた。あの男に使うためにではない。あの男を生かしながら、ひそかに拒絶しているということが、わたしを生き生きとよみがえらせてくれるのだ……。

そして、横を歩いている小学校五年生の岩男に今までにない親しさを感じていた。

その岩男は、何かとんでもないことが起こりそうな予感に震えている……。

それぞれが、それぞれ、自分だけの思いを秘めて、同じ駅に向かって行く。

明大前の駅が見えたところで、安志は、みんなが遅れているのに気づいて立ち止まった。

後から来る四人は、往来の人々にいりまじりながら、めいめい遠くはなればなれになって、おたがいにひとりでいるように歩いている。

安志は、強い愛を感じながらひとりひとりの顔を見た。妙な顔をしている妙な一行だった。安志は、真剣な真面目な気持ちで笑いながら大声で呼びかけた。

「どうしたんだ。みんな神妙な顔をしているじゃないか……さあ、愉快に、一緒にたたかおうぜ。愉快にさ!」

しかし、誰も、その安志の声に答えなかった。

安志は応えない四人の仲間を見ながら、このおれと彼等との溝は、絶対的なものではない。かえることが出来るのだと思った。

安志は、微笑しながら、だまって近づいてくる四人を待っていた……。

雨が、ぽつりぽつりと落ちて来た。

かなり長いものになったが、以上の顛末が、師走のある金曜日の夕方から月曜日の午前十時頃までのわずか三(四)日間に展開されるのである。

概観は、いわば小説のスケルトンである。スケルトンだけでは、モチーフやテーマに近づくことはできない。スケルトンはあくまでスケルトンにすぎない。

そこで、その手がかりとなるスケルトンを覆う血と肉、すなわち、肉体化され、生きて鼓動する登場人物たちはどのように彫琢されているのか、主要な五人を見てみよう。

――古里けい子

主人公古里安志と七歳違いの妹で、タイピスト養成所を出て、浦田電工にタイピストとして勤めている。一家の貧しさが身に染みて甲斐性のない親を疎んじている。家計を助けるために昼も夜も働く兄安志に対しては、展望のない我が身知らずの無知と突き放し、自分は家族の犠牲になって殺されるのは真っ平だと、重荷は兄安志に背負わせて、貧しい一家からの脱出を夢想している。

仲間とたまり場で酒を飲み、男からも結婚からも自由でありたいと自立した女性を気どり、兄安志を通して知り合った石田確次と結婚を前提にせず相手を束縛もしない自由恋愛で肉体関係をつづけている。

同じ労働者階級同士という気安さが根底にある日常にどっぷり浸かっていたが、ブルジョア出身の野原実子が、確次に親しく近づいてきて、あらためて確次との関係に向き合い、確次が自分から離れていく不安や喪失感に怯える。

平和パンフを仲間に配るという何気ない行為によって解雇されそうになると狼狽し、兄安志に頼って解決しようとするがうまくいかない。確次との関係も冷えて絶望し、入水自殺を図るが師走の水の冷たさに途中で引き返す。

しかし、自殺未遂をして直接死に対峙したことで、生きて在ることの原点に回帰する。現実のありのままの自分と向き合うことで、生きるとは芝居をすることだから、本心を隠して期待されるようにうまい芝居をしつづけようと心を決める。つまり、うまく演技すれば生きることができるのだ……と。

――石田確次

古里安志とは同じ砕石工場で働いていた仲間で、協力して労働組合を立ち上げ活動した同志である。

共産主義に未来の理想郷を託して共産党に入党し、その思想や党是を絶対化して信奉しているいわば原理主義者である。その確次からみれば、共産主義に期待し、共産党を支持しながら入党しない主人公古里安志はどこか信頼しきれない。

自分が信奉していることは絶対に正しいという一元論的思考まっしぐらの直情的な確

次にとっては、安志の言動の柔軟さや複雑さが理解できずに、曖昧でいい加減なもの、不誠実で信用のできないものに思えて赦せず非難する。

一方、レッドパージで失業中の厳しい現実を生き抜くために、いわば階級の敵であるブルジョアの野原実子から毎月金銭援助を受けている。多少のみじめさは感じるが、目的のためにプロレタリアがブルジョアを利用するのは当然と、行為を正当化している。

しかし、豊かな出身階級を裏づけるような実子の意志的な美貌や知性や物怖じしない行動力にしだいに魅せられて、恋人古里けい子の凡庸さが疎ましく感じられるようになる。

心のどこかに自分の出身階級に対するコンプレックスに似た抜きがたいこだわりがあり、実子から馬鹿にされ見下げられているような気分になることがある。

このような憧憬と拒絶のはざまで、実子と顔を合わせれば合わせるほど、けい子に対する気持ちが冷えて遠のく。

けい子への気持ちの変化が決定的になったのは、解雇通告を受けたときのけい子の態度と安志の対処の仕方であった。

不当解雇に対して正面から向き合わずに、ツテに頼るというカラメテ戦法に出た安志を、働く者の権利を放棄しているとして非難するのだが、そのときの安志の反応や心情が曖昧でいい加減なものとしか理解できずに、裏切られ感を強くして気持ちが離反していく。党員の世話で新潟の会社に職が決まり、すべてを清算して密かに東京を離れようとしていたが、けい子が不当解雇を会社に抗議しようと立ち上がったときには成り行きで行動を共にする。

実子に対しても同様で、ずっと確次に金銭援助をしていた実子が、確次を必要としたときには、驚くほど想像力を欠いたドラスティックな対応をする。

——野原知也

自分を人生に不用な人間、滅びるためだけの存在とみなして、生きることは愚劣であるとして、現実の事柄にはできるだけ参加せず争わず、無関心で無責任でもある。傍に静かに控えている妻の存在でさえ厭わしい。

まして、自分と対極にある、主張し行動する妹実子は目障りで、知也の理解を超える存在感で知也を圧倒し、知也の脆弱さを告発しているようにも思えて息苦しい。

実子以外の人間（妻の沢子も含めて）からは愛想のいい人間と思われているが、無意味なだけの現実に死にたいほどくたくたになっている。

だから、それから逃れるために、毎晩、ウイスキーに致死量ギリギリの塩酸コカインを垂らし入れて酩酊している。
資産が無に帰し、妻が駆け落ちしたとき、妹実子を追い出して、野原家が崩壊するのを見届けながら薬物中毒の無我夢中酩酊状態で自殺する。

——野原実子
斜陽を迎えたブルジョアの娘で、不労所得で生きているだけの現状が肯定できずにタイピスト養成所に入り資格を取るが、働かない（働けない）。
ブルジョア破壊工作隊員などと自称して、兄知也と二人で遺産を蕩尽して全く金銭的に余裕がないにもかかわらず、自由同盟を気どるたまり場で知り合ったけい子の恋人確次の生き方に共感して毎月金銭の援助をしている。
野原家と当主の兄知也を、何も産み出さずただ滅びるだけの社会的余計者、無価値な存在として否定し、そこから脱出して新しい人生を開拓しようと、タイピスト養成所の仲間や確次、安志たち労働者階級に近づいたが、身についた階級的プライド、優越感といったものからなかなか自由になれずに、ことあるたびに感じてしまう彼らとの間に横たわる階級の溝をなかなか跳び越えられない。

本来、経済的な欠乏（貧困）に由来するものを、人格的な欠落（品性、心性の卑しさ）と捉えて、侮蔑的になったりして本質を見誤ることがある。

しかし、兄の死と家族の崩壊によって無一物になり、いよいよ安志たち労働者階級とパラレルになったと自覚したとき、見えてきた人間が人間として存在することの苦痛や哀しさにはじめて真正面から対峙する。そして、徹底的な無力感、孤独感、絶望感に苛まれることによって、共産党員石田確次にではなく、クリスチャン古里安志により近づき、彼を梱にして、自己回復（蘇生）を図る。

常に微笑し笑う主人公安志の醸す人間性に、ときに反発し拒否しながらも、人間が人間であること、人間として生きることの意味を感得し、新しい光を見る。

つまり、人間存在、実存のより高み（深み）へ向かうのである。

――主人公古里安志

二十八歳の山北組で働く電気工夫。六畳一間と二畳の土間があるだけのバラックに両親と妹二人、弟の六人家族で住んでいて、夜は遅くまでラジオ組み立ての内職をして家計を助けている。その安志を予期せぬ二つの災難が見舞う。妹けい子の解雇通告と日雇い人夫の父の片脚切断事故。

貧しいその日暮らしの一家にとってはどちらも死活問題である。昼も夜も働いて疲れた安志は、父の件で病院や会社と交渉しなければならず、けい子の解雇は何としても食い止めたい。

昼夜家族のために働きながら、家族に起こったこの災厄を何とかしようと安志は、独りで奔走する。

走るたびに予期せぬ障害物にぶつかり痛い目に遭う。しかしへこたれない。へとへとになりながら走り回る。自分が何とかしなければ一家は崩壊するからとひたすら奔走する。そんな安志に家族は頼って凭れかかったまま、感謝もしない。家族もまた、それぞれに、痛みを抱えていて、一家の大黒柱である安志を思いやるゆとりなどない。

安志は、家族にひたすら頼られ、ひたすら求められるだけである。

野原実子もそうである。訴えどころのない内心の鬱屈を見当ちがいの安志に投射して階級的な侮蔑や悪意というかたちで攻撃しながら、何かといえば安志に凭れかかる。

その度に、安志は、実子にも手を差しのべ、ますます疲れ果てる。

報われもせず、感謝もされず、労わられもしないのに、安志はなぜ、疲労し困憊しながら、家族や身近の人たちのために奔走するのか。

さて、椎名麟三は、「『邂逅』によせて　作者の言葉」のなかで、先述したように、そのテーマとモチーフを語り、それは、表現の仕方においても実証されなければならなかったと述べる。つまり、従来とは異なる新しい表現手法が試みられているということになる。つぎで検証してみよう。

◇表現上の特徴――その（一）

主人公古里安志が、ことあるたびに微笑したり笑ったりすること。実に九十回近くも微笑し笑う。全編これ微笑（笑い）である。

どんなときに、微笑し笑うのか。ランダムにピックアップしていくつか例示する。

――帝都線の車内中吊り広告を見て、貧しい自分には縁のないものだと思って微笑する。

――金、金、金。おれたちの不幸や災難は、一切、金となって現実化する。大銀行を思い浮かべて微笑する。

——知也に約束を反古にされ、裏切られて、腹を立てなければならないことだと、微笑しながら腹を立て、笑いながら怒る。

——けい子が絶望して、自殺を考えているのではないかと心配になり、声を出して笑う。

——街角で体を売る「夜の女」からプロレタリアと捨てぜりふされ、あの女にさえ自分の素性はわかるんだと笑う。

——知也を訪ねたとき、無邪気そうで上品な美しい妻の沢子から完璧な嘘の居留守を告げられて、知也の徹底的な裏切りと拒絶を確信して微笑する。

——肺病で寝ている妹の時子から、自分が入院できないのも、父の怪我も、けい子のクビも、岩男が同級生を刺したのもみんな兄さんがしっかりしないからだ。今にもいい事があるように口先でうまいこと言って芝居しているだけじゃないか。悪いことばかり起こるのはみんな兄さんのせいだ。兄さんが悪い。全部兄さんの責任だと咳き込みながら泣いて詰られたとき、つよい怒りとともに、エベレストの山上へでも逃げたいと思ったが、山上でひとり凍えそうになって鼻から二本氷柱を垂らしている自分の姿が浮かんできて、時子の言うとおりだ。みんなおれの責任だ。アフリカのジャングルで土人がライオンに食い殺されたのもおれの責任だと微笑する。
——知也を訪ねていく途中の坂道で、実子から崖に突き落とされて頭から血を出しながら、気遣うふりをする実子に大丈夫だと笑いながらふらふら立ち上がり、血だらけの頭を押さえて、このまま死ぬのかなと一寸思ったと言って笑いつづける。

このようなシチュエーションにあって、主人公安志は常に微笑したり笑ったりする。そして、相手（対象）に親愛の情を覚える。

この微笑（笑い）について、安志はつぎのように言う。
「ユーモアとしか名付けられない真摯な感情である。それが、おれの世界に対する認識なのだ。おれに与えられている自由に必然の認識なのだ」

親愛の情については、
「自分と人々に対するユーモラスな同意であり、ユーモラスな拒絶の感情である」

だが、このような認識のもとに発現する安志の微笑（笑い）は、相手（他者）に感受されることはない。かえって誤解されたり曲解されたりもする。

◇表現上の特徴――その(二)
「死」の概念を絶対化しない
・野原知也の自殺体を発見したとき、
「死んでいるんです。……でも生きかえるかも知れないではありませんか」と、　病院へ連絡する。
・父平造の遺体を前にして、
父の死は防げたかもしれないという罪の意識と死体になってはもう償えないという意識のはざまで、死は絶対的なものだとは誰にも決められないと微笑する。

◇表現上の特徴――その(三)
誰にも自明のことを、当事者自身が否定する
クリスチャンである主人公安志が確次から
「お前はクリスチャンだっていうじゃないか」と言われて、噴き出しながら応える。
「おれは、自分を一度もそう考えたことはないよ。みんなはそう呼ぶかも知れないけれどな」

『邂逅』が書かれるためには、以上のような表現上の特色は必然であったということを、つぎで検証してみよう。

(一) 主人公安志の連発する微笑(笑い)が「ユーモア」であるということ——

椎名麟三は「ユーモア」についてつぎのように語る。

——「復活したイエスが、生きている事実を信じさせようとして、真剣な顔で焼魚をムシャムシャ食べて見せている姿は、実に滑稽である。だが、そのイエスに、イエスの深い愛を感ずると同時に、神のユーモアを感ぜずにはおられない。イエスの誕生もその十字架もその復活も神のユーモアにほかならなかったように思われる。

私は、二、三年前からユーモアという言葉を口にしている。私の小説が、奇妙なユーモアをもっているといわれる場合も少なくない。だが、ユーモアという言葉は、本来的にキリストにおいてしか成立しないと思う。私の小説にもし奇妙なユーモアがあるならば、それは私の信仰から自然に流れ出して来るものである。ほんとうのユーモアは恐怖と深い関係をもっている。恐怖でありながら、ほんとうには恐怖でないことそれが恐怖におけるユーモアの構造である。

――「ユーモアというものが、人間の知性や悟性でとらえられるかぎり、それは滑稽であり、アイロニーであり、ばからしさであり、道化であって、ユーモアではない。ほんとうのユーモアをもっているのはキリスト教だけなのだ。

ユーモアのもっとも真正な形は「神が人間を愛するあまり人となった」ということのなかに尽きる。ユーモアにおいて愛が絶対的条件なのである。さらに大切なことは、愛ではなく「愛するあまり」ということである。そこではある過度が示されている。そして人間にとって過度なものとは、絶対的なものにほかならないのである。

真実のユーモアというものは、人間の知性や悟性が、破滅するところから生れて来る。そこでは、死だとか世界の終末だとか、「いつまでもいつまでも」という時間や、「世界や宇宙のどこにおいても」という空間が、知性や悟性の前に立ちはだかってその判断を中止させるときだ」

（私の聖書物語・「神のユーモア」より）

（地底での散歩・「キリスト教のユーモア」より）

『邂逅』の主人公古里安志が発現しつづける「微笑・笑い」は「ユーモア」であり、ユーモアとは以上のようなものであると述べる。

(二)「死」を絶対化しないということ

『邂逅』のなかで、自殺した野原知也と職場の事故で死ぬ古里平造の死は、見た目は確実な死を死んでいるが、必ずしも絶対的な死を死んでいるとはいえないと、主人公安志は感じる。

このことについては、つぎのように述べている。

――「人間の自由には愛と同じように死のにおいがする。しかし、キリストは人間のすべての物語のように死で終わったのではなかった。死からよみがえり復活した」

――「イエスは確実に死体としてのイエスである。しかしほんとうに死体であるかと言えばそうではない。彼は確実に生きているからだ。では、彼はほんとうに確実に生きているかというとそうではない。何故なら確実に彼は死体だからである。つまり彼は、死んでいて生きているのである。

この生と死が犯すことなく同居しながら唯一絶対のものとなることができないでいるキリストの肉と骨に、人間の真の自由を生き生きと見たのである。それに自分の存在を賭け、賭けることによってその必然性をはっきりと知った」

(三) 自明の事実を否定する

クリスチャンであると明示されている主人公古里安志がクリスチャンだろうと問われて、クリスチャンではないと噴き出しながら否定する。なぜか?

これに関して、「私は何故クリスチャンではないか」という一文で、つぎのように応えている。――「主人公のそのような言明に対して作者が同意を与えているように見える。作者がチャンと洗礼を受けたクリスチャンであるから、作者にその責任が問われている。

作者は、どうして自分をクリスチャンと呼ばれることを欲しないのだろう。彼は、クリスチャンと呼ばれると、乞食と呼ばれるのと同じような恥ずかしさを感じる。

現在クリスチャンらしからぬ罪のなかにあり、その罪から免れようと少しも欲していないためにクリスチャンに値しないと感じているためだろうか。あるいはまた、洗礼を受けて形式的にクリスチャンとなりながら、内実はいささかも神を信じることができないあわれな偽善者であり、したがってあわれな偽悪者であるせいなのだろうか。

クリスチャンでありながらクリスチャンでないということは、一つの矛盾であり、すべての矛盾はすべてのものの根源であるように、私の矛盾にもあらゆる悪がしのび込んでいるという宿命を私も免れていない。

しかもなお私は、自分はクリスチャンでないと喜んでいい得る。

私は、自分を指して、「クリスチャンである」というとき、嘘でもついているようなやましさの暗いものがしみ込んでくる。だからむしろ「自分はクリスチャンではない」と言明することでクリスチャンである自分を実感する方が嘘を吐いていない気がするのである」

（『地底での散歩』より）

以上のような見解から、『邂逅』の主人公安志に、クリスチャンであると言わせることはできなかったと述懐する。

が、しかし、とさらにつづける。

自分がクリスチャンであることは自明の事実であるからクリスチャンでないと言えば嘘をついたことになる。クリスチャンで「ある」と言っても「ない」と言っても嘘になる。つまり、クリスチャンらしくしようとすればするほど、そうでないものがにじみ出てきて、偽善の空虚な風が吹いてくる。

人間は、誰もこの矛盾から逃げられない。すべての人間存在はこの問いかけを無限に繰り返すしかないとして、サルトルの存在論も、悪魔の罠にかかったタンタロスのあわれな踊りだと断じるのである。

椎名麟三は、自ら造型した主人公古里安志を、あたかも神の前でヨブをいたぶるサタンのごとく、過酷な状況に投げ入れる。

あらゆる場面で、挫折させ、徒労感にまみれさせ、疲労困憊させた挙句に実りのないことを実感させる。そのうえ、これでもかこれでもかと、身近な他者（家族その他）の荷物を背負わせる。

しかし、安志は神を呪わない。他者を呪わない。我が身を呪うこともない。

挫折して微笑し、疲れて笑い、裏切られて微笑する。誤解されて微笑し、曲解されて笑う。詰られ冷笑されても相手を受容して微笑する。悪意や侮蔑さえも微笑と共に受容する。

おれにも限度というものがあるんだと独白しつつ、さらに他者の荷物を背負って疲れ果て、笑うのである。

なぜ、このような煉獄のなかで、椎名麟三は、主人公をかくも微笑させつづけるのか？

過酷な試練のなかで神を棄てず、サタンに与せず、敬虔な信者でありつづけ、ついに神から赦され愛されて至福のときを迎える神話のなかのヨブのように、クリスチャンの電気工夫安志も、そのようなときを迎えることができるのか？

それに応えるように、『邂逅』の最終章の結部は、つぎのようなシチュエーションで表現される。

新年を目前にした師走、月曜日の朝十時頃、同じ目的地に向かう一行、雲が切れて射してきた太陽、主人公から遅れている一行、愛を込めて大声で愉快に呼びかけながら待つ主人公、雨がぽつりぽつり降り出す……などなど。

これらに寓意され、暗喩されて示唆される現況のなかで、主人公古里安志は、キリスト者として確かに新しい光に向っているのである。

「光」に邂逅するためには、より暗い「闇」に邂逅しなければならない。光は、闇の存在なしには見ることはできない。そして、闇は、深ければ深いほど、光もまた眩しく輝くのである。

存在の深奥に居座る生きていくことへの問いかけや想念が絡み合い重層しているこの小説『邂逅』から、その根底に横たわりキリスト者となった椎名麟三の真の相貌にすこしは近づき得ただろうか、あるいは、覗い得ただろうか、はなはだ心もとない。

本稿を書くにあたって、斎藤末広西南学院大学名誉教授の『作品論　椎名麟三』をありがたく活用させていただいた。一部分引用させていただいてもいる。

そのなかの「邂逅論下」に要約して紹介されている高名な作家、評論家のこの小説『邂逅』に対する評言の数々に接して、その多様さに感じ入りつつ、椎名麟三のある言葉がふと思い出されたのである。

それは、「言葉と表現の間」と題されて、言葉の二重性について述べられたものであるが、その冒頭で、椎名麟三はつぎのように記す。

「私は、いつも自分の書くものは、人には理解されないだろうという前提のもとに原稿用紙に向かっている。

この文章だってその例外ではない。一見悲壮に見えるだろうが、ご本人さまはそれでもないらしいのだから全くの処置なしだ。というのは、かならず理解してもらえないのだから、理解してもらうためのいろいろな工夫が、ご本人さまにとって楽しいからである」

この一文の、韜晦に満ちたレトリックの背後に見え隠れする作家椎名麟三の真顔に、思いをいたすこととしきりであった。

（2014・5・28）

（註）テキストは復刻版『邂逅』（姫路文学館発行）を使用したので、漢字は旧字体、かなは促音、拗音が旧かなづかいになっている。本稿ではすべて現行の表記法に準じた。

〔参考文献〕

『椎名麟三全集（四）』　冬樹社
『私の聖書物語』　椎名麟三著　中公文庫
『地底での散歩』　椎名麟三著　創文社
『凡愚伝』　椎名麟三著　日本基督教団出版局
『椎名麟三信仰著作集（十一）』　教文館
『私のドストエフスキー体験』　椎名麟三著　教文館
『作品論　椎名麟三』　斎藤末広著　桜楓社

『美しい女』
――実存の母原

一九五〇(昭和二十五)年十二月に洗礼を受けてキリスト者となった椎名麟三が受洗後初めての長編小説『邂逅』を「群像」に連載し、講談社から単行本化して刊行したのが、一九五二(昭和二十七)年末である。

『邂逅』に関しては、既に述べたように作家・評論家から毀誉褒貶半ばする実に多様な評言が寄せられたのであるが、その多くはキリスト者となった椎名麟三を文学者、作家としてどう位置付けるかによって評価は大きく隔たるものとなっていた。

椎名麟三自身は、自らの桎梏との葛藤の果てにやっと辿りついた休息の地で一息吐いているような心境の告白であったのだが、そのように受け止めてもらえた評者はごく少数であった。

翌一九五三(昭和二十八)年に自伝的色彩の濃い『自由の彼方で』を「新潮」に連載し始め、第一部、第二部、第三部が完結したところで、一九五四(昭和二十九)年に講談社から刊行している。

その間、短編、エッセイ、評論などを各誌（紙）に発表して旺盛な執筆活動を続けた。

『美しい女』は、一九五五（昭和三十）年、「中央公論」五月号から連載され始める。椎名麟三四十四歳のときである。以後五か月にわたり九月号で最終回を迎えると、すぐ十月に中央公論社から単行本化して刊行された。

哲学的、観念的ともいわれて、一部読者には難解でわかりにくいという印象をもたれがちだった椎名麟三のそれまでの小説にくらべて、この小説『美しい女』は、多くの読者に支持され迎え入れられた。

そして、一九五六（昭和三十一）年三月、「戦後文学に新しい人間像をもたらした功績とその他の作品活動」により昭和三十年度芸術選奨文部大臣賞を受賞している。

『美しい女』1955年10月
中央公論社（姫路文学館提供）

ちなみに、この『美しい女』が収録されている他の刊行物を挙げると――

★一九五七（昭和三十二）年十月、椎名麟三作品集五（大日本雄弁会講談社）★一九五八（昭和三十三）年七月、新書版『美しい女』（中央公論社）★一九五九（昭和三十四）年六月、新選現代日本文学全集二十五『椎名麟三集』（筑摩書房）★一九五九（昭和三十四）年十月、現代長編小説全集三九『椎名麟三・武田泰淳集』（講談社）★一九六三（昭和三十八）年二月、新日本文学全集一七『椎名麟三集』（集英社）★同年十二月、日本文学全集六一『椎名麟三集』（新潮社）★一九六五（昭和四十）年七月、日本青春文学名作選二四『夏目漱石・太宰治・椎名麟三』（学習研究社）★同年十一月、『美しい女』（角川文庫）★一九六六（昭和四十一）年七月、現代の文学二八『椎名麟三集』★同年八月、現代文学大系五六『椎名麟三集』（筑摩書房）★一九六七（昭和四十二）年七月、われらの文学三『椎名麟三・梅崎春生集』（講談社）★一九六八（昭和四十三）年一月、日本の文学六八『椎名麟三・梅崎春生集』（中央公論社）★一九六九（昭和四十四）年十二月、カラー版日本文学全集三六『椎名麟三・梅崎春生・武田泰淳集』（河出書房新社）★一九七一（昭和四十六）年九月、新潮文庫『美しい女』

加えて一九六九（昭和四十四）年一月十二日、NHKラジオ第一放送で、ラジオ・ドラマ『美しい女』が放送された。

（斎藤末弘著『作品論椎名麟三』第八章「美しい女」参照）

さて、『美しい女』とはどんな小説なのか。

作品考察をわかりやすいものにするために、テーマに留意しながら以下に梗概を記す。ダイジェストが難しく、原作の十分の一ほどのボリュウムになった。

時代は、主人公（木村末男）が、S電鉄に入社した十九歳（一九二八、九（昭和三、四）年?）から日中戦争（日中事変）、太平洋戦争（第二次世界大戦）へと続く十数年間と、敗戦後十年を経た現在（一九五五（昭和三〇）年頃）である。

場所は、アルファベットの頭文字で示されるが、現山陽電鉄の沿線、兵庫県姫路市から神戸市に至る周辺の市や町である。

物語は、今（戦後十年経った一九五五（昭和三〇）年頃）を起点に「私」の手記という形式で展開する。

＊

関西のS私鉄で三十年近く働いて、今年四十七歳になる主人公私（木村末男）は思う。今の自分の希望は、定年になって会社を辞めると同時に死ぬこと。なぜかというと、会社を辞めていった同僚のほとんどは、ろくなことになっていない。自殺したり、発狂したり、若死したりして悲惨である。それに交通労働者は、どこへいっても潰しが利かないらしい。

おまけに、自分は、いろんな人々からいろんなことを言われながら生きてきた。ある時は、左翼の人々から、奴隷根性の臆病者、卑怯で無自覚な労働者……。また、ある時は、右翼の人々から、無関心で曖昧で無責任……。そして、今は、組合の意識的な人々から、保守的だ……と。

しかし、私は、このようなさまざまなレッテルについて一言も弁解したくない。それよりむしろ、自分に貼り付けられたこのような喜劇的なレッテルへ、熱い血を通わせ、生命の光をあたえてやりたいと思っている。

人生における、私のこのような喜劇性は、誕生の時から決まっていたように思える。

私が産まれたとき、父は六十を過ぎており、胃癌で寝たり起きたりで、誰もがもう駄目だと思っていた。子守奉公をしていた十六歳のときに、故郷を出奔する父に連れ出されて一緒になり、それから三十年、始終なぐられながら七人の子を産み四人死なせて、私を孕んだとき四十六歳だった母は、まるで悪魔を孕んだようにいろんな方法で堕胎を試みたが効果がなく、私は胎内ですくすく育って誰にも祝福されないまま、元気で無邪気な呱々の声を上げた。

私は、このような自分の誕生に、自分の宿命の原型をみるようでユーモアを感じてしまう。

一年余りで父が死に、私は小学校を出たばかりの下の姉に育てられた。小学校に行く頃にはトラックの運転手をしていた兄のおかげで生活は安定していた。

一度も泣き顔を見せたことがない母は、六十歳になってもこまねずみのように元気に働き、甲斐性のある兄を自慢しながら、好きな焼酎を飲んで楽しそうに笑っていた。その母も、私がこの私鉄に入る前年に六十四歳で亡くなった。

白髪交じりの五十に手の届く中年男になったいま、私は、このような母に、このような母の無智に、限りない郷愁を感じる。そして、心のうちを死の思いがめぐる時など、思わず「おかあちゃん」と叫んでしまう。

思うに、私は今まで、一度も本当の自分であったことがない。K町の青年学校を出てこの私鉄に入り、車掌として勤務していても本当の自分ではない気がしていた。しかし、至極、真面目に勤務した。そうする方が面白かったからである。

他の人が呆れようが、軽蔑しようが、車掌という仕事に精一杯精励した。そんな自分に多少のおかしさを感じながらも、そんな自分を楽々と続けられたのは、勤務が終わって下宿への帰りに飲む焼酎のおかげだった。

乗務員のツケの利く貧弱な店で、度を過ごすこともなく真面目に焼酎を飲んでいると、私の心に「美しい女」への思いが痛切に浮かんでくる。本当の自分でないおかしな自分から自分を救い出してくれる「美しい女」……。しかし、私には、その美しい女がどんな姿かたちをしているのかは見当もつかなかった。ただ、心のなかが何か眩しい光と力にみたされるのだけが実感できた。

職場や仲間が好きで誰とも波風を立てず、何事もきちんとすることが好きできちんとしており、仲間から呆れられるほど生真面目で現実的な私が、その真面目さを評価されて同僚より多く報奨金を手にしたり、会社の御用組合曙会の役員に任命されたりすると、仲間との間に妙な違和が生じて私はもうそれまでのように電車や職場を愛して勤務することができなくなった。

会社や仲間に対して自分の主権が侵されたように感じて腹が立ち、眩しい光と力としてしか思い浮かばないあの「美しい女」を痛切に欲しがった。そのとき、頭に浮かんだのが、

「美しい女」とは似ても似つかぬ娼婦の倉林きみだった。

倉林きみは、私より五歳上の幼馴染で同僚の倉林捨市の妹だった。一家五人を支えて真面目に働く兄とは大違いで、小学校を卒業して中学校の教頭の家に子守に雇われたが、その頃からぐれはじめ十五、六歳になると共同便所と噂された。人知れず万引きも繰り返していたが要領がよく、検挙されるまで雇い主は、ふしだらにも手癖の悪さにも全く気づいていなかった。

二度目の検挙後、六か月の刑を終えて出所すると三宮に出て住み込みの娼婦になった。私は、勤務も御用組合の役員もそこそこに勤めながら、暇を見つけては倉林きみのところへ通った。

あっけらかんと淫売婦を自称するきみが、私の求める「美しい女」でないことは、最初からわかっていた。しかし、娼婦宿で出会うときの捨て鉢ですれっからした態度や立ち居振る舞いのなかで、ふと見せる思いがけない美しい表情や情のこまやかさなどから感じる何かが私を惹きつけた。私は彼女を愛した。

やかんの湯をひっくり返して彼女がやけどをしたとき、私もわざと自分の足に湯をかけてやけどをしてみせると、「ほんま、けったいなひとやわ、あんたは」と、赤い顔して気狂いのように笑うきみを見て、彼女との間にあたたかいものが流れて思わず抱き寄せると、今までにない痛切さであの眩しい光だけの「美しい女」が思い浮かんだ。

所詮はあばずれの娼婦である倉林きみが、ときおり見せる生き生きとした眼や愛に満ちたやさしいしぐさ、幸福そうな笑い声……。それらが一瞬、あのほんとうの「美しい女」を私に感じさせた。そんなとき、私は会社で失っている自分らしさや人間らしさを取り戻して涙ぐんだ。

そのうち、私は、仲間の雑誌への入会という口実で予想もしなかった共産党の労働組合支部づくりに巻きこまれ、きみの兄倉林捨市他数名とともに身に覚えのない「アカ」として検挙された。経緯が判明して釈放されたがその後、倉林捨市は飛び込み自殺を図った女性を轢殺する事故を起こして気が狂い会社を辞めた。

人間が狂っていく過程を初めて目にした私は、倉林が狂ったのはあの不可抗力の人身事故が直接の原因だとしても、遠因は他にもあると感じた。

多くの人々は倉林の発狂を素直に気の毒がったが、一部に嘲笑する人々がいた。それは、会社の幹部であり、共産党の組合支部づくりを目論んで検挙を逃れた山本や青柳らであった。「あんな阿呆な苦労性知らんわ」彼らは軽蔑したように言った。

私は思った。自分も、倉林と同じで名もない嘲笑に値する人間かもしれない。そして、卑屈や臆病や奴隷根性などという滑稽な着物を着せられてはいるが、その下でどっこい生きている私の生身の身体を見せてやりたい……。

妹の倉林きみも、兄の発狂には全く無関心だった。

私は、気の向かないきみを無理やり、電車の沿線にあるA市の有名な景勝地の海浜に誘い出した。

六月のさわやかな海風が吹く美しい浜辺に立って、「阿呆らしいわ、こんなとこ、何が面白いのん。帰りまひょ、帰りまひょ」と退屈して繰り返す彼女は、まだ二十五歳なのに、疲れて縮んで、無力な年老いた女の顔をしていた。

妙にしょんぼりと歩く彼女と肩を並べながら、私は、あの「美しい女」、ほんとうの美しい女を切実に欲した。あの美しい女ならば、自分や彼女や人間のおかしさを、自然のおかしさともども、力ある輝かしいものに変えてくれるように思えた。

飯塚克枝を意識したのはひょんなことからだった。

その日の夕方、出勤すると思いがけなく共産党K電鉄細胞と署名された咆哮するようなビラが撒かれていて、その一枚には次のように書かれている。

「帝国主義を粉砕せよ！　地主資本家を直ちに撲滅せよ！　時給二十銭を要求せよ！　手当の本給繰り入れを即時断行させろ！　労働者農民諸君万歳！　共産党万歳！」

それは、私たちの生活のなかから自然に生まれてやさしく私たちに語りかけるものではなく、硝煙と血潮のなかで兵隊を叱咤する鬼将軍の声のようだった。だから、時給や手当の本給繰り入れなど具体的なことについての文字は、火薬のように炸裂して意味を失い、死と暴力のにおいだけがあった。「違う、違う」と、私が思わず呟いたとき、「このひとら阿呆やわ。資本家を直ちに撲滅して、どうやって、いない資本家に、時給二十銭を要求できまんねんやろ」と、いらだたしそうに言う声がした。

その声の主が飯塚克枝だった。その年に初めて出札係として採用された三人の女性の一人で、女学校を出たばかりの十八歳である。

大柄で太り気味の身体にピチピチ生気が感じられ、眼も鼻も口もくっきりしていた。物事にひどく正確な女性で、出札係として最初のひと月で男たちを凌ぐ成績を上げていた。初めての女性ということで珍しがられて男たちからよくからかわれたが、「うちは、男なんて、いままでに山ほど知ってまんねんや」と、平気な顔で返した。

彼女は、働かない男や女は人間として認めないようなところがあり、不道徳という言葉が好きだった。彼女が、何かについて不道徳だというと、妙にきっぱりと不道徳に見えた。

もうその頃、御用組合曙会の役員を解任され、以前の電車好きで働き好きの人間に戻っていた私は、飯塚克枝に関心をもった。

娼婦宿で、倉林きみに克枝のことを話すと、気分が悪いと寝ていた彼女は、人が変わったように明るい声で、

「うち、あんたにほんまに惚れてまんねん。世界中であんたみたいなええひと、ほんまにいてはらへん。ほんまのほんまに」と言った。きみがひどく悲惨な女に思えた。

日中戦争(一九三七(昭和十二)年)がはじまり、国民精神総動員の掛け声の下、「挙国一致」のポスターが貼られて「我が社の重大任務」という社長訓示が掲げられた。御用組合曙会は軍人を顧問に迎えて権威づけられた。

飯塚克枝は、会社に信頼されて出札の長のような存在になり、いつも中心にいて、部下との関係は親分と子分のようで克枝は絶対的だった。

私は、一心に働く克枝は好きだったが、こんな克枝は嫌いだった。しかし、偶然に克枝のみすぼらしい実家や老母を垣間見て、克枝を身近に感じ、姉が二号（愛人）をしている市会議員を仲人に立てて正式に結婚を申し込んだ。

難航を予想していたが、その日のうちに承諾の返事が来て結婚式の日取りも決まった。私は、嬉しくもあったが、なにか不思議な気もした。その不思議さのなかにこそ、それから続く長い苦労といさかいの原因が宿っていた。

結婚することが知れると仲間たちは複雑な笑いを浮かべて私に言った。「お前には、あの女、過ぎもんやで」。私も応じた。「そや、おれには、あの女、過ぎもんや」

結婚しても仕事は辞めないと宣言して克枝は働き続け、私は職場で、妻は私にとって過ぎものであると言われ続けた。そのひびきに私に対する蔑視を感じながら、私も言い続けた。「おれの嫁はん、ほんまにおれに過ぎもんや」

しかし、克枝が、私に過ぎたるものと、人々の眼にうつる部分こそが、私にとって許せないものだった。

妻の克枝とは勤務時間がすれ違い、二、三日も顔を合わせない日があったが、そんなときはひとりで焼酎を飲みながら妻を愛し、電車を愛し、このような人生を愛している自分を喜んだ。

私は念願の運転手になり、運転できることが嬉しく運転手の生活は好きだったが、二度ほど事故を起こした。不可抗力だったとはいえ、少年を轢殺したときには、発狂した倉林捨市の気持ちが身に染みた。


御用組合曙会はますます権威あるものになって人事にまで介入するようになり、克枝は、その婦人部長になっていた。例の共産党検挙事件で会社を辞めた元同僚の森山が、復職を求めてやってきたので、克枝に仲介を頼むと、克枝は断乎として宣言した。会社を勝手に辞めた人がひどい目に合うのは当たり前。自分は死んでも会社のために働こうと思っている……と。

「死んでもというのはやめてくれ。会社が命くれいうたら、ほんまに出すつもりか」たじろいだ私が問いかけると、

「そうするわ」と平然と応える。

「ほんなら、おれはどうなる。一体、おまえはどうしておれと一緒になったんや」と、日頃の疑問を投げかけると、

「どうでもええと思ったさかいや。うち、あんたと別れてもよろしゅうおまんねんで」平気な顔で言う。

「じゃ、会社のために早よ死んだらええやん」と私、

「そやから、あんたはみんなから無気力やといわれまんのや」と克枝。

「名誉や。お前らにはそれがわからへんのや」そう言うと、私は、ぱらつく小雨のなかを町へ出た。

焼酎を飲みながら、あの眩しいだけの「美しい女」を、痛いほど心に思い浮かべていた。

復職を断られた森山が自殺したと聞いても、克枝は、「無気力の見本や」と言っただけだった。


倉林きみが金を借りに会社へやってきた。病気で寝ているというので名刺の住所へ訪ねていくと借金しまくり行方不明になっている。数日後、また偽物の金時計を買ってくれとやってきた。きみは毒気が抜けたようになっていた。

私は彼女をA海岸へ散歩に誘った。

暗くなった浜は、前年の室戸台風のせいでひどく荒れていて浜辺も松も無惭な恰好に

なっている。

きみは裸足になって少女のように波に戯れている。以前来た時とは全くちがう。腕を組んで歩いだり、防波堤のかげに座って休んだりしながら、私は自然な衝動を感じて彼女に手を廻した。彼女はクフッ、クフッと子どものように笑いながらかたくなに拒絶した。別れ際に、「身体がわるいんやったら、明日、病院へ行かへんか」と誘った。またクフッと笑って、「あんたにどっかの浜に連れていってもらおうと思ってましたんや」とだけ言うと去っていった。それから二、三年して、きみが梅毒で発狂したと噂に聞いた。

倉林きみとの関係が知れたとき、克枝は言った。

「もう、ほんまにあんたと別れる。あんたが何をしようが、あんたの勝手や。どうしてちゃんとした会社へつとめてるひとが、あんないやらしい女の相手になれるのか、不思議や。もう死んでもあんたはいやや。第一、あんな女とつき合うなんて、会社の名折れやおまへんか」

私の心のなかにきみの笑い顔が浮かんで、胸がぐっと堅くなった。で、私は哀願するように言った。

「な、もう少しやわらこうなってくれ。そしたら、おれたちもっと楽に息ができるようになる。曙会の婦人部長になってから、お前、かとうなる一方や。いまに女どころか、人間でなくなってしまうで」

　克枝は真っ青になりながら言った。

「あんたこそ人間やおまへん。うちらとあんたらは、別々の世界に住んでるんやさかいな」

　私は立ち上がった。どこへ行くのかと克枝が訊く。電車を見に行くと答えると、

「電車？　あんたというひとはどこまで抜けてるのか、わけがわからへん」と克枝。

　だが、私は思っていた。「生きているのは、ほんとうに生きているのは、どっちなのだろう」

……と。

　私と克枝のこんな生活が子供もないのに十年以上続いたのは勤務時間が行き違って顔を合わす機会が少なかったからである。一晩続いた争いも翌日に持ち越すことはなかった。お互いに会うことができなかったからである。

　ある日の夕方、勤務を終えて帰宅すると、電灯も点けない真っ暗な家で会社の制服のまま克枝が布団に寝ている。どこかわるいのかと訊いても無言で、布団をかぶったまま起きない。同居している克枝の母の姿が見えないので尋ねると、おばさんのところへ行ってもらったと言う。

　私が独りで食事をした後もまだ起きないので、顔の布団をめくると克枝は泣いていた。理

由を聞いて私は拍子抜けがしたと同時に驚いた。克枝が婦人部長をしている御用組合曙会が解散することになって生き甲斐がなくなり、会社に行くのがいやになったからだと言う。

翌日、克枝は会社を休んだ。三日目から出勤しはじめたが、気抜けして病人のようだった。つらかったら辞めてもいいよと私は慰めたが、出勤し続けて一か月ほど経ったある日、克枝は駆け落ちした。相手は、曙会の責任者になっていた在郷軍人会の曹長である林進之助だった。

何はともあれ、克枝を愛していた私にはひどいショックだった。「ほんまになあ、あの子は！……ほんまになあ、あの子は！……」と、念仏のように繰り返す克枝の母の傍らで、私は、何杯も焼酎をあおった。

それでも、私はきちんと出勤した。それが私の自然だったからである。妻を寝取られた男という職場での好奇でいやな視線に堪えられたのも、好きな電車を運転する喜びがあるからだった。

夜、独りで食事をしながら、克枝がいたときも、独りでいるいまも、自分が少しも違っていないのが不思議だった。私と克枝は夫婦ではなかったのか？　克枝はいざ知らず、私はたしかに克枝を愛していた。彼女を見るのは快かったし、彼女の幸せを喜ぶことができた……。

そのことを同僚の長池に話すと、呆れたように言われた。

「ほんまにお前は、けったいなやつやなあ」


克枝が出奔して五日ほど経った頃、林だけ帰ってきた。

私は林の家へ克枝の様子を知るために駆けつけた。二戸一棟の社宅で子供を背負って洗濯している妻と一緒にいた林は私を見るなり言った。「おれ、お前の嫁はんと駆け落ちしたんやないで。ほんまや。肉体関係もあらへん」

度を失った私に、林は意外なことを告げた。

京都に一緒には行った。お寺見物をして一緒に宿に泊まろうとしたら、ちょっと知り合いに出かけてくるけど必ず戻ってくると言って出かけた。高い飯代、宿代払うて五日間も待ったけど戻ってこない。しんどうなって一人で帰ってきた。騙された上にひどい損害を被った。克枝が私の妻ではなく自分の妻だったら軍刀でぶった切っとる。まだ京都にいると思うから自分で探しに行け……と。私は、林に対する克枝のゆがんだ復讐のようなものを感じた。

私は探しに行かずに放っておいた。冷淡だ無責任だと林が陰ぐちをきいたので腹が立ったが喧嘩する気力はなかった。

家出して二十日ほど経って克枝はひょっこり戻ってきた。

夜中の勤務を終えて帰宅すると母親とひそひそ話していた克枝が私を見て暗い怯んだ顔をした。私は嬉しくて笑いながら少し太った彼女に話しかけた。お寺で般若心経を読みながら修業していたそうである。彼女は言った。

「うち、気ちがいになりそうやったから落着きたかったんや」

克枝の心は理解しかねたが彼女が戻ってきたというだけで私は十分幸福だった。その夜、私は克枝を抱きながら、心にあの眩しいだけのほんとうの美しい女を思い浮かべていた。


私は反対したが、克枝は林との駆け落ち事件後、会社を辞めてしまい、以後の変化は私の理解を超えるものだった。

その頃、胃を病んでいた克枝は暗い顔で家に閉じこもり、私に極度の従順さを要求してそれが唯一の生き甲斐のように、箸の持ち方まで、私が人間でないかのように私を裁いた。

「また、そんな箸の持ち方してはる！　そんなこともやさかい、いつまでたっても出世できへんのや」

にこにこと世間話をしたりすると、新聞を見たまま、突然「非国民」と叫び、「何をにこにこしてんの！　ほんまに、あんたはあかんひとやわ。新聞見なはれ。新聞見たら、あんたの眼さめるわ」などと言う。

私にとって、彼女との日々は、まるでこの世の怪物にでも出会ったようなみじめさだった。勿論、私は、克枝の欲する通りの男になりたいと思った。妻として当然の気持ちだからである。自分にとってどうでもいいことは、できるだけ克枝の意に添うように努めた。

にもかかわらず私が妻と争い続けたのは、彼女の持っている絶対主義ともいえる過度に対してである。当時の時代のファシズムが彼女に与えたものだったにしろ、彼女の人間性に根拠を持つものであるにしろ、私は妻に、絶対主義のもつ過度を許してはならないと思った。どんな善い意図であろうと、過度というものは、人間性を超えて悪魔の顔になるからである。

職場にも時代の絶対主義に対する反応があらわれていた。それは、はなはだ非国民的なもので、切符の不正売買や切符を切らずに現金だけをうけとるというやり方で会社から金を盗む「茶碗むき」が横行したのである。

運転手だった私も、陰気な克枝の顔や時代の雰囲気に対する反抗を覚えながら車掌と共謀して茶碗をむき、同じように茶碗をむいた仲間たちと集めた金でカフェや遊郭に遊びに出かけた。茶碗をむいた金で悪遊びをするのは当然の権利のようであり、私は、自分もその仲間であるのを喜んでいた。

茶椀むきの最たるものに運転手の船越がいた。

「おれは会社に損させてやるために、茶碗むいてるのやぞ」

そう放言して茶碗をむきまくった。

ある日、船越は馴染みのカフェへ私を連れて行ってくれた。四つ五つボックスがあり二階が小座敷になっているありふれた店で、二十二、三の女学生風に髪を切った小太りの女性が、二階へ案内してくれた。ひろ子というその女性は、以前バスガールだったが、組合活動をして会社をクビになり、この商売に入ったのだと、身内の不幸を語るように船越は私に耳打ちした。二人の間には、肉体関係にあるものの特殊な親しさが感じられた。船越とひろ子は彼女と関係があった男のだれかれのことを平気で喋っている。その雰囲気に誘われて私もひろ子の男体験を尋ねた。
　十二、三人はあると何の秘密もない無邪気な声で答えられて私は絶句した。その数の多さと彼女のわだかまりのなさに驚きながら、だから船越は彼女に魅せられているんだと思った。ひろ子の太り気味の丸顔やふくれた豊かな胸、その身体全体が醸すある過剰さ、いわば生命力の過剰といったものに圧倒されて、私はぼんやりしていた。
　酒に酔った彼女は、船越を子供のように扱いながら、照れる私たちに子守唄をうたってくれた。

「何かおどろいたひとやなあ」店から出るなり私は言った。

「何の欲もないんや。あの女は」神妙な声で船越が応えた。

　召集令状が来たらひろ子と心中すると言っていた船越だったが、まだ令状も来ない昭和十二年五月、日中戦争（日中事変）のはじまる直前に、海の見える宿の二階でカルモチンを飲んで心中した。船越は死んだが、ひろ子が死んだかどうかは不明だった。

　克枝との生活は、私にとって、もはや拷問と化していた。私が何か言うとヒステリーを起こして別れ話になる。彼女は、家のなかの絶対の審判者として鎮座しており彼女の心が和むのは、何でもよい絶対権を持った時代の権力者になることだった。しかし、それこそが、私には気ちがいのように見えるものであり、私は気ちがいになるのはいやだったから、勤務を終えて家に帰るのは、仏壇のなかへ帰るような気分だった。

仲間が家に遊びにきても、克枝には絶対逆らわぬようにと懇願した。それでも彼らは十分とは居られずに退散した。一言の反論も赦されなかったからである。

私は、彼女に何か言う場合、口のなかで十回ぐらい繰り返し確かめて彼女を刺激しないようにしたが、言わない方がましだった。言っても言わなくても、結局同じで駄目だった。彼女にとって、私のような人間が生きていることが我慢ならなかったからである。

それでも私は、別れるという最後の決心はしなかった。克枝はそんな私を攻撃して、自分で別れる決断ができずに克枝の家出を待っており、自分だけいい子になりたがっている卑怯者と詰った。

克枝と別れてやった方がいいかと考えることもあったが、私は人間の関係は変えられると信じていたので、彼女と対立し続けることで、私のような人間も人間として生きているのだと、彼女も認めてくれるようになるだろうと思っていた。

しかし、克枝は、私が彼女の肉のなかに刺さった抜くことができない棘であるかのように私を憎み続けた。

船越の弟が、私たちの電鉄に飛び込み自殺した。

船越の徴兵忌避心中を苦にしてとも噂された。私は茶碗をむいた金を持って船越の母を訪ねた。愚痴っぽい船越の母から、心中相手のひろ子は生き残ってA市のカフェに勤めていると聞いた。

帰りの電車でA市で降りたかったが堪えた。ひろ子も、やはり、ほんとうの美しい女ではないと思えたからである。

職場の空気は気ちがいじみてきた。

仲間は続々と軍需工場へ転じはじめ、殆どの運転手や車掌が退職届をポケットに入れて乗務していた。二、三人がまとまって辞め、飛行機工場や兵器工場に転職した。それらのクチにありつけない人間は、自分を能無しと感じていた。

職場は妙に活況を呈していて、四、五人がいつもひそひそ打ち合わせては眼を輝かせて表へ飛び出した。

克枝と駆落ちまがいをした林も、尼崎の飛行機工場へ入り、資材課の係長になったということで立派な背広姿で現れて、給料袋をテーブルに投げ出すと得意げに言った。

「どうや、おれら、寝てても、これだけ貰えるのやど。いまの時勢に、まだ雲助をやってるなんて、お前ら能なしやど」

それはS電鉄の月収八十円ほどとは比較にならない百三十円だった。みんなは驚嘆した。林は在郷軍人曹長であり、運転はうまかったが、ろくに字の書けない男だったからである。

林は、私の留守中にわざわざ家にもやってきて例の給料袋を克枝に見せて自慢した。駆け落ち事件での克枝に対する林の歪んだ復讐のようにも思った。

林の話を聞いた克枝は、私の生き方を責めまくった挙句、「もう、あんたを殺すか、うちが死ぬか、どっちかや」と、思い詰めた様子で呟いた。

私は家をとび出して、宵の街を歩きながら、気が狂った娼婦の倉林きみにもいまの克枝のようなところがあったのを思い出し、きみをゆるめるためにやった自分の滑稽でしんどい努力の数々を思い起こした。

克枝には、もっともっと苦しい努力をしなければならないだろう。克枝は、いまの時勢と同じように危険な病人なのだから……と思った。

会社では事故が頻発した。幹部も乗務員も、古株がつぎつぎに軍需工場へ転職して、十分な訓練を受けていない不慣れな新人が多くなり、会社は多発する事故と事後処理に追われた。家でも、会社でも、私は安全ではなかった。おろかな道化芝居を演じながら日々を過ごした。

克枝が男と関係した。相手は克枝の母親が引き取られている親戚で、清水という自家用車を乗り回したりして羽振りのいい太った五十男である。私の留守にホテルや家で会っていた。偶然、現場を目撃してしまった私は、打ちのめされはしたが、二人を殺したいとも自分が死にたいとも思わなかった。姦通罪というれっきとした法律はあったが、大したことではないんだという気がしたからである。

私は克枝に、腹は立てているが姦通罪で訴えるつもりはない、こんなことがあっても、克枝と一緒に仲良く年をとりたいと慰めて克枝を抱いた。

克枝は、見たことがないほど泣きじゃくり、私の夜着は克枝の涙でぐしょ濡れになった。それから克枝は、すっかり変わってしまった。私の顔色ばかりうかがってびくびくするようになり、ろくに口も利けずに気の抜けたようにぼんやりしている。三十歳にもならないのに年寄りくさくなって、まるで私に対して罪人のように振る舞い、顔色をうかがいながらおずおずと口癖のように言う。

「あんたはほんまにええひとやわ。あんたみたいなえらいひと、ようけ居はれへんわ」

克枝の変貌と符節を合わせたように、会社も変化した。

時局時局と言いすぎて従業員の多くが軍需産業へ転じ、あるいは応召して、会社は困り、転職だけは食い止めようと、従業員を持ち上げはじめた。

いつ召集令状が来るかわからない不安な時局のなかで勤務を続ける乗務員たちは遠慮なく茶碗をむいて金をつくり、集団で無断欠勤してS浜へ海水浴に行ったりした。

私も、行動をともにしたが、届だけはきちんと出した。それが私にとっては自然なことだったからである。

その日、私は克枝を海水浴に誘い、迎えに戻るまでに海苔巻をつくって待っているようにと告げた。時間を限られた克枝が、懸命に巻きずしを作っている姿を思い浮かべながら、私は、仲間たちのいるS浜へ向かった。そこには船越と心中して生き残ったひろ子も来ていた。

集団無断欠勤した仲間たちは、全くの自由感に酔って上機嫌であり、ひろ子も甲高い声を上げて笑い戯れていた。

私は、待ちぼうけを食わされて腹を立てているだろう克枝を思いながら、さらに、折角作った巻きずしを腐らせるために、その晩は帰宅せずにA市の遊郭に泊まった。

翌朝、帰宅すると克枝はいなかった。

水屋には食皿三枚に巻きずしが山のように盛り上がって、むっとする臭いを放っていた。

夕方になっても克枝は戻らなかった。

こんなつもりではなかった私は、うろたえて、「ほんまに克枝は阿呆やなあ。ほんまに阿呆や」と、部屋を歩きまわって呟きながら、あのほんとうの美しい女を厳然と思い浮かべていた。

克枝は何日経っても戻ってこなかった。

私が恐れたのは彼女の狂気だった。気が狂ってどこかの街をほっついているのかなどと考えたが、死んでいるとは思えなかった。

私は、変わりなく真面目に勤務し、日中も雨戸の閉まった独りの家へまっすぐに帰り、ときに、行きつけの飲食店で焼酎を飲んだ。すると、あの美しい女の像が浮かんで、私の心はひろ子への思いにうずいた。

ひろ子は、生真面目な武藤と付合いながら、一方で、片腕の漁師と平気で泊まったりしていたが、そのうち、自分が嫌になったとカルモチン自殺を図った。またも未遂で、武藤と一緒になり、S駅の近くに住んでいた。

ときどき武藤とひろ子を訪ねた。私は武藤が好きだった。

武骨な生真面目男でおかしげなところがどこか私と似ていた。私はひろ子を愛していた。しかし、一瞬も武藤の妻であることを忘れずに愛し、それに十分さを感じていた。私の心にはあの美しい女が生きていたからである。

武藤は助役に出世した。だが、学歴がなく書くのが苦手な彼は助役の任務をこなすのに難渋し疲れ切った。助役なんか辞めて運転手に戻れと忠告したが聞かなかった。

車掌の志村が、派手に茶碗をむきすぎてクビになった。

年を超えて間もなくだった。

助役の武藤が、頑張りすぎて病気になり、会社を休むようになった。神経衰弱だった。仲間は武藤の無学を笑いのたねにしていた。それでも武藤は助役を辞めなかった。私は武藤にも、ひろ子にも会いたくなくなった。別世界の人間になった気がしたからである。武藤が病気で寝込んだと聞いても見舞いに行かなかった。

二月の末に召集令状が来た。光栄ある国家の、光栄ある聖戦に、生命を捧げるようにということである。

仲間からの多額の餞別と盛大な出征式に送られてK連隊に入営した。

私は、五日前から密かにこの日に備えていた。銭湯を廻り歩いて一日に七、八回も入浴し、立つこともできないほど身体を疲労させた。当日は家を出るときに、煙草一本分を煎じてその半分を飲み、残り半分は瓶に入れて持っていき、営庭に整列させられる直前に便所で飲んだ。

身体検査の結果は結核と診断され、精神が腐っとるからこんな病気になると軍医に罵られながらの即日帰郷となった。運輸課長や仲間が当惑するなか、餞別を一括返上して三日目から出勤した。私の即日帰郷はちょっと目立ったが、すぐにおさまった。

私の愛する電車は、私の愛する海岸を、健康な私に答えて壮快に走りながら、よかった、よかったという。私は黙っていた。ありがとうと、電車に答えたら、私の心のなかのあの美しい女が私を笑うにちがいないと思ったからだ。

克枝が失踪して二年ほど経ったある日のこと、一緒に乗務していた古参車掌の酒田から克枝の消息を聞いた。

みすぼらしい恰好で眼の見えない年寄の手を引いてT町の自転車屋から出てきた……と。

克枝のことはもう終わったことと思いながら運転しているうちに、私は、克枝を愛し続けている自分に気づいた。

その日、帰宅すると古道具屋を呼んで、克枝の着物や道具一切をきれいさっぱり売り払った。二束三文だった。

その夜、T町に克枝を探しに出かけた。自転車屋はすぐ見つかった。教えられた長屋を訪ねると薄闇の共同水道で六十歳ぐらいの男が茶碗を洗っている。そこへ、やつれてうす汚い、黒い顔をした陰気そうな克枝が手伝いに出てきた。

瞬間、克枝は私に気づいてはっとした。わたしは無言で笑ってみせた。「世が世なら、あんたはこんな水仕事するひとやあらへんのになあ」感嘆するように言うと、老人は克枝の背中にちょっと手をふれ、「風邪ひいたらあかんで」と低い声でまた言った。

私は、無言で引き返した。打ちのめされたようだったが、ほんとうには打ちのめされていなかった。

老人に貴重品のような扱いを受けながら暮らしている克枝を想像して、よかったと思ったからである。

しかし、私は、そのまま家へは帰れずにいつもの店で焼酎を飲んだ。

それから間もない夜、ひろ子が私の家にやってきた。寒いのに羽織も着ずに喘いでいる。武藤がさっき心臓麻痺で死んだという。仏さんを独りにしたままだからと急いで帰ったが、曲がり角で振り向いて手を振った。いつかと全く同じだった。ほっとしながら、私は武藤の武張った顔を思い浮かべた。

「武藤のやつの死顔は、きっとけったいな顔をしてやがんのにちがいない」そう思うと、助役にこだわって死んだ武藤を、腹立ちのあまり裏切ってやりたくなった。

四、五日して、私は、ひろ子を連れて連絡船でA島に渡った。家は武藤の兄のものになっている。毎日武藤の兄と二人きりで向き合って食事するので喉に詰まるとひろ子が愚痴る。私は、居なくなっていた妻が生きて見つかったことを伝えた。

乳飲み子を置いて独りでやってきたひろ子は、張った胸を開いて瓶に乳をしぼり入れながら、「ほんまにうち、何でも多すぎるんや」と、嘆くように言う。

身近にひろ子の豊かな胸を感じながら、私は窓ガラス越しに海を見ていた。

海の水は、どんなに多くても多すぎはしない。地球があふれることはないから。それが、自然のもつやさしさであり、美しさなのだ。海は、何億年の昔から鳴りつづけ、私たちが死んだ後も、何億年も鳴りつづけるだろう。だが、どんなに永くても永すぎることはない。地球の運命を超えて存在することはできないからだ。それが、自然のもっているおかしさであり、無邪気さなのだ。どんなことがあろうと、自然は狂気であることもなければ悪魔であることもないのだと思いながら……。

ひろ子が私に、好きだと言ってと懇願するので、私も好きだと答えはしたが、結局、ひろ子とは何事もなかった。

別れ際に、ひろ子が涙を見せたとき、私は、彼女が、私の手の届かないほど上等の人間であるような気がした。

克枝が、S寺の近くで乞食のような格好で紙屑を拾っていたと聞いてS寺へ出かけた。辺りは花見客で賑わっていて、ルンペンも乞食もいたが、克枝の姿はなかった。私は、彼女に会いに来たのではなくて遠くから眺めるつもりだった。

克枝がいなかったのにほっとして、なぜか、ひろ子の家を訪ねたくなった。家は、もう武藤の兄の家になっているので戸惑ったが、やはり訪ねた。

ガラス障子に背中を向けてひろ子がこたつで本を読んでいる。その横で、こたつに足を入れて横になり武藤の兄が眠っている。私は、私のあの美しい女に笑われてそのまま引き返しながら、自分はやはりひろ子を愛しており、それだけで十分であると感じた。

だが、その夜、私の家の曲がり角でひろ子が待っていた。家に入ると、いきなり、一緒に死んでと訴える。

毎日、嘘をついて暮らしている……、考えたら気ちがいになりそう。もう生きていけない。何もかも、わからんようになりたい……と興奮して泣く。

私は、彼女を抱いた。瞬間、あの美しい女が笑った。

「もしおれが死んだら、船越と武藤とおれで三人目やな。三度目の正直というからな」私が呟くと、私のほんとうの美しい女がまた笑った。

その夜、私は、ひろ子に結婚を切り出し、ひろ子は易々と承諾した。しかし、ひろ子は、武藤の兄との関係を整理できず、私の家へなかなか引っ越してこなかった。

死ぬほど愛してと訴えながら、ひろ子は、どこか現実離れしている。私がどんなにひろ子を愛しても、土壇場で拒絶しなければならないのだと感じた。

太平洋戦争（一九四一（昭和十六）年十二月八日）が起こる半年ほど前だった。

私は、克枝が年寄の按摩と暮らしているT町のぼろ長屋へ出かけた。ふたりは居らず、後片づけをしていた家主が出てきて、暮らしていけないので、年老いた按摩は若い嫁さんと別れて息子に引き取られ、一週間ほど前に出ていった。若い嫁さんのことは知らん。筋向いの人が嫁さんと親しかったから尋ねてみたらと教えてくれた。

その家を訪ねると、襦袢と腰巻だけのだらしない恰好をした克枝が出てきた。克枝は私を見ても驚いた風もなく、大儀そうに座って黙ったままである。

「克枝、帰ろう」、「克枝、帰ろう」私は繰り返した。

克枝は泣き出した。その時である。私は、ひろ子を裏切ることが私の名誉でもあるかのように、はっきりとひろ子を思い浮かべた。そして、そのような私を支えていてくれたのは、あのほんとうの美しい女だった。

戦後、二十年会という二十年以上の勤続者が集まった会ができた。その第一回の集まりで白石が言った。

「ようまあ、こう能なしの阿呆ばっかりそろたもんやなあ」

全く同感だった。私たちは仕方なく笑った。しかし、私たちは、能なしの阿呆を恥ずる必要はない。

私は、今、運輸課の単なる切符係員で電車に乗ることさえ失われている。戦争中に電車を脱線させて壊したからだ。

私の愛する電車が、気ちがいめいた極端な意味を与えられたのが赦せなかったのだ。そのおかげで、二十年会の仲間のなかで、給料が一番安い。

いまでも、私は、この世の一切の気ちがいめいたもの、悪魔めいたものに対立する平凡さへ、それらとたたかい得る光と熱を与えてやりたい。個人的なものであれ、社会的なものであれ、異常なものは、もうごめんだ。それを訴えたくて、この手記を書いた。

S私鉄に勤めて三十年近くなり、白髪交じりの四十七歳になったいま、私は、克枝とふたり、毎日夕食の膳に向いながら言う。「一月三万円ほどの収入にならへんかなあ」

「そうでんなあ」　克枝は、用心深そうに答える。

克枝には、まだ私という人間がわからないらしい。


（テキスト　椎名麟三集日本文学全集五六　筑摩書房刊より）

＊

椎名麟三はこの小説『美しい女』について、「小説の方法」のなかで、そのテーマやモチーフ、表現の方法、タイトルの由来などを、以下のように述べている。

モチーフとテーマについて――

――「きっかけは、私がかつて車掌として働いていた関西の山陽電鉄の職場へかなり頻繁に遊びにいっていたころに聞いた昔の仲間の愚痴なのであります。その愚痴のなかに私は、自分の思いに絶対性をあたえやすい一人の人間を見たのであります。新しいプロレタリア小説という批評もありましたが、私にはそんな意図なんかまるでなかった。たしかにモデルはありますが、作品のなかではちがった人物になっている。と申しますのはあくまで人間の生き方の問題として書いたからであります。モチーフは同じであります。ただ、テーマは、労働者の生活に起こる絶対性を書くということだったのであります」

この小説を書く直接の動機は、昔の職場の仲間の愚痴であるが、モチーフは今までと同じで、「洗礼を受けてから一貫しているイエス・キリストからあたえられた恵みとしての自由に何とかして表現をあたえたい」ということ。しかしこれでは漠然としているので、具体的に表現するときには「この世界における絶対性への挑戦」ということにしぼって作品化している。したがって、今回のテーマは、「労働者の生活に起こる絶対性を書く」ということ、だから、モデルはあるが違った人間像になっている。

表現の方法について――

――「方法については苦労した。それは絶対性の否定であるが、それは表現の方法のすみずみまで行きわたっていなければならない。で、私の思いついたのは、絶対性を限定するために助詞をつかうことである。彼は残念ながらもうだめだと思った。彼女は、滑稽にも死にたくなった。彼は、悲しいことに世界一の不幸ものだと思ったというふうにである」（傍線は本稿筆者）

――「人物の絶対性をおびた思いにはかならずそれを限定し否定する助詞がくっついている。物に対するときはちょっと困った。物は絶対性をもっているからである。しかし相対化することで切り抜けた。たとえば岩についてはその海岸の岩は、エンヤラヤッと、仕方なさそうにしぶきをあげていたというふうにである。そしてたとえそれが繰り返しになってもかまわずに強行した」

絶対性の否定を表現方法のすみずみにまで行きわたらせるために絶対性を限定する

助詞を使ったということだが、この場合の助詞とは、限定するために補うことばというほどの意味で修飾語（形容詞、形容動詞など）のことである。

物は絶対性をもっているので、相対化することで切り抜けたということだが、この場合の相対化とは擬人化のことである。

椎名麟三の独特の修辞は、この作品に限らず、他の作品でもかなり見られる。受洗後の長編『邂逅』においても、その表現方法の特徴について言及している。

この小説『美しい女』でも、以上のようにいくつか例をあげて、その表現方法の工夫が語られているが、例えば作品中の「悲しいことに喜んだ」とか「悲しいことに笑った」とか「自由に誤解することができる自由さ」とかいう表現が「絶対性の限定や否定」であると理解するには、作家椎名麟三と読み手の間に横たわる距離の遠さを感じてしまう。

構成について——

——「三つの大きな飛び石をおき、それをつなぐために筋をつけていった。その飛び石とは、絶対性を意味するものであったことはもちろんである」

三つの大きな飛び石とは、娼婦の倉林きみ、妻の克枝、同僚の妻ひろ子の三人である。
では、この三人の女性にシンボライズされた「石」とは、何であろうか。

娼婦の倉林きみ――

人間社会における公序良俗に反する側面、神ならぬ生身の人間が生きて在るためにはよんどころない必要悪として存在する反社会的な場所、人生の裏面。日常ではなく非日常である場所のことである。そこで、きみは娼婦としての絶対性を生きる。

出札係だった主人公の妻(飯塚)克枝――

人間社会の営為そのもの、時代の風に煽られてゆれながらその風になびく一本の弱い葦である人間が、生きていく日常性にひそむ絶対性を克枝は典型的に生きる。

同僚の妻ひろ子――

倉林きみと妻克枝は、社会的、反社会的、日常、非日常の違いはあるものの、人間社会の現実そのものの絶対性を生きるのであるが、ひろ子は違う。非日常のいわば、バーチャルな場所、現実離れした夢のような世界の絶対性を生きるのである。

それでは、三人が生きる絶対性とは何か。椎名麟三のいう絶対性とはどのように意味づけられたものなのか。

「イエス・キリストから与えられた恵みとしての自由に表現をあたえる」ということから具体化される「この世界の絶対性」、この作品では、それぞれに異なった世界（社会）を生きる三人の女性の共通項こそが、椎名麟三のいう絶対性ということになる。

それは何か。作品から見てみよう。

娼婦倉林きみ——

「どうせ、死んだ身体や」「うちらの考えること、ほんまにつまらん」と自嘲しつつ、他人の大切な金を平気で盗み、兄の自殺にも全く無関心で、いざとなれば「相手を殺すか自分が死ぬしかない」と居直る。

「社会の闇のなかで生きている一群の人々の女王のごとく自分を誇って」いるようにも見せかけて、自分の居場所にどっぷり浸って己の在り様を否定することなく生きている。

主人公の妻克枝——

物事を断定的に話し、何事につけ「死んでも……」と容易く口にして、他者の意向を封殺する。時代の趨勢と権力に同調して疑わず、最もよく同一化することで自らも権力化して、他者を圧倒しつつ、「不道徳」「無気力」「非国民」「人間でない」などと、自分の意に添わぬ他者を断罪する。

夫である主人公に対しても、常に別れると宣言することで優位に立ち、自らの存在を絶対化しようとするが、意のままにならず、終には、自分の肉体に刺さった抜くことのできない棘のように憎悪する。

しかし、我執に翻弄された挙句に、形勢が一変すると、奴隷のごとく無抵抗に卑屈になって主人公（夫）に献身する。強圧的支配的から奴隷的服従へ、その変貌の極端さに主人公が不安をおぼえてちょっと刺激して挑発すると失踪して行方不明になる。

同僚の妻ひろ子――

組合活動で検挙され、女性としてもっとも屈辱的なカタチの取調べを受けたことが、意識下のトラウマとなって、生きていることへの執着心が希薄になり、現実感の乏しい刹那的な選択をしてしまう。しかし、生まれながらの旺盛な生命力と豊かな肉体とあふれる愛と、弱者への共感が思いがけない暴走をして、自己嫌悪に陥り、生きているのが厭になって自殺を図るがいつも助かってしまう。状況の中で状況のままに揺れながら生きる。

以上、三者に見られる生き方の共通点、特徴は何か。

一つは、「……しすぎる」ということ。それぞれが置かれている場所や状況に、「適応する」というより、「適応しすぎる」という過度性である。

二つ目は、「死ぬしかない」「死んでも……」「死ぬ……」とすぐ口にして、生きている状況を「生か死か」という二者択一的なものに極端化する。

「……しすぎる」過度、過剰性も、極端な二者択一癖も、ともに自らの生を絶対化させているということであり、三者はそれぞれ、椎名麟三のいう絶対性を生きているといえる。

主人公木村末男は、彼女らを愛し、対峙してその桎梏と葛藤する者として位置づけられる。

つまり、以上の三者の絶対性に抗い、自由を求めてたたかう人間、椎名麟三のいうイエス・キリストから与えられた恵みとしての自由を表現しようとする人物、人間の存在を絶対的に規定しているものに立ち向かいつつ絶望せず、それとの和解を信じながら生き続ける存在、その体現者として、キリスト者椎名麟三は、クリスチャンではない名もなき地方私鉄の平凡な一労働者木村末男を造型したのである。

タイトル『美しい女』について――

テーマと不可分のタイトル「美しい女」については、つぎのように述べている。

――「彼自身（主人公）が自分自身や世界に与える絶対性に対して限定するものをもっていなければならない。

つまり人間の考える絶対を超えた超絶対的ものをもっていなければならない。主人公がキリスト者ならやさしいが、単なる労働者として一般化したかった。で、その超絶対的なものとは何か、言葉でいうのはやさしいが、小説では具体的なイメージで語らなければならない。いろいろ考えたが、なかなかおもいつかない。ところが、偶然が私をたすけてくれた。名前は忘れたが、フランス人の書いた本のなかに、私の完全な自由という言葉の横に、うつくしいおんなと平仮名でルビが振ってあった。

私にはっとイメージがひらめいた。本になってからフランス文学をやっている先生方に聞くと、完全な自由にうつくしい女という意味なんかない。私の無智が幸いしたというべきであろう」

＊文中のフランス人の書いた本とはジャン・ジュネ全集第一巻に収録されている『泥棒日

記』のことで、朝吹三吉訳で一九六七年五月、新潮社から刊行されたもの。
（斎藤末広著『作品論　椎名麟三』　第八章参照）

『美しい女』というタイトルは以上のような偶然から思いついたわけであるが、意味するところは、人間の考える絶対を超えた超絶対的な存在であるという。このような抽象的な概念を、美しい女として具体的にイメージ化して作品に登場させせなければならない。しかし、具体的な女性像として造型するのはきわめて難しい。

故に、小説のなかでは、「美しい眩しい光……」とか「心のなかの美しい女」、「ほんとうの美しい女」、「ただひとりの女」などと表現されていて、具体的な女性像は描かれていない。

しかし、主人公が「美しい女」と出会う（思い浮かべる）場面（シチュエーション）では、「美しい女」がどのように笑うかを描き分けることによって、その場面における主人公の心に浮かんでいる美しい女のイメージはある程度具体化されるが、ほとんど読み手に委ねられている。だから、作家椎名麟三自身がその時々にイメージしている美しい女像に対して、読み手は、言い知れぬ想像力と洞察力を要求されるのである。

椎名麟三は、「わたしの描きたい女性」のなかでつぎのように述べている。

現実の女性に対する関係においては――

「それがひとりの女性に対する関係であっても、その都度、その都度、その女性に対する希望や期待は変化する。現実に関する女性観は、自分の関心の多様性によって、とりとめなく、相互に連絡もなく、ときには矛盾して生まれては消えていく。現実の女性に関して、いつも何かしら不満である。ときには、この女性でなければならないという女性を思い描いてみるのだが、未だ一つの像になったことがない」

作品のなかで描きたい女性は――

「このような女性が描けたらどんなにいいだろうと思われる女性で、それは、ただひとりの女性であり、しかもその女性は、自己を実現する客観的な条件をもたないので、自分の心の奥に永久に光をあびることのできないものとしてしまって置かなければならない」

作品で描くことのできる女性は――

「いわばこの理想的な女性像からの照り返しを受けている、つまりその（理想的な）女性から見れば何か足りないという限定を受けることによって具体化される、間接的にしか描くことができない女性」である。

椎名麟三がほんとうに描きたい女性とは——

——「どうしても直接的に描き出すことのできない女性でありながら、現実にこの世にあらしめたい女性という滑稽な矛盾のなかにいる（女性）。だから、彼女は、具体的に作品のなかに生かし得ない。いわば、単なる抽象である」

しかし、このことは、彼女について語ることができないという意味ではない。語ることはできると言う。

例えば、その女性とは——

——「ある人々にとっては、落日の光をあびて回想にしずんでいる白髪の老婆のようであり、他のある人々には、初めて恋を知った瞬間の、歓びと恐ろしさにみたされている生々しい処女のようであり、蛹の殼から抜け出して、新鮮な光と空気にふれて彼女の翅は濡れたように輝いて、未来は期待にみちていてすべては今はじまったばかりなのである」

「落日をあびて回想している老婆と、恋に生きはじめた生々しい処女」。この二つのまるっきりちがった見解を人々に許す女性こそ、椎名麟三が描きたい女性であるという。

しかし、この矛盾した見解を人々に許す女性は、その矛盾した見解にしたがって矛盾しているのではなく、彼女は、ひとりの、少しも本質的に矛盾でない女性なのであり、その女性について、少しは具体的に語ることができたのは、このように矛盾し対立したそれぞれの人々の意見にしたがったからであるが、ほんとうの彼女はこれらの意見の外にいる。

つまり、椎名麟三がほんとうに描きたい女性は、このように対立し矛盾する二つの見解から自由な女性、言い換えれば両方の側面を同時に具備している女性ということになる。

とはいうものの、この二つの側面を同時に、そして一回きりの姿で具体的に描くとなると、椎名麟三自身もたちまち困惑する。

そのような女性をどう描けばいいのか、まったく見当がつかないだけでなく、現実にそのような女性が生きているとは信じられないからである。

だからいま、具体的にその女性を描くことはできない。しかし、そのような女性が住み得る、この社会においては住み得ないが、あの社会においては住み得るという一つの社会を知っていると椎名麟三は断言する。

「私の描きたい女性」というこの一文のなかに示された女性像こそ、椎名麟三のいう、「ほんとうの美しい女」なのであろう。

「人間の考える絶対を超えた超絶対的な存在」と概念づけられた「美しい女」とは、全体像としては現実に存立し得ないが、時に応じて、限りなく多様な姿で顕現して、生生流転するこの社会の現実を確かに生きているのだと実感させるような女性……。

これこそが、椎名麟三の描きたい「ほんとうの美しい女」であるという。

この小説『美しい女』で、主人公（木村末男）が、そのときどきに願い求めずにはおられない「美しい女」とは以上のような女性なのである。

では、何故、主人公木村末男は、このような美しい女を求めずにはいられないのだろうか。

誕生の時からしてすでに喜劇的な宿命を背負っていたと自認する彼は、常に、今の自分はほんとうの自分ではないと自覚しつつも、目の前にある現実には真面目に適応して生きており、それがきちんと苦もなくできる上に、仕事を愛してもいるので精励する。そのひたすらな生真面目さが、周囲との関係に微妙な齟齬を生じさせ、自らも違和を覚えて、時流にうまく乗れない主人公の不器用さを際立たせ、喜劇的存在にする。

主人公の、この自分と周囲の世界（社会）との違和感が、ある閾に達したとき、主人公は、ほんとうの自分（と思っている）へ還りたくて日常を脱して非日常へおもむく。

非日常のもっとも非日常にあるとき、彼は、切実に美しい女を切望し、それに応えてほんとうの美しい女が彼の心に出現する。しかし、その美しい女は、感じることはできるが、同じひとりの女性として像を結ぶことはない。

このような自覚存在である一私鉄労働者木村末男は、現前する現実をどのように生きて、三人の女性と出遭い、愛し、彼女らの絶対性とどのようにたたかったのか。以下で具体的に考察してみよう。

―娼婦倉林きみとの関係

私鉄の乗務員（車掌）として会社を愛し、電車を愛し、仕事を愛し仲間を愛して、現実的に平凡に生きたいと願っている主人公が、その思いを誤解されたり、裏切られたりして心が萎えて疲れたとき、娼婦宿で娼婦のきみを愛する。

主人公は、きみを愛し必要としているが、きみの生き方は肯定できない。何とか彼女を背徳の世界から連れ出そうとするが、彼女は、その世界に適応し切っていて、そこにしか居場所はないと信じてそこから脱出することを考えない。とことん娼婦として生きることしか選択せず、その場所で光ろうとする。つまり、娼婦としての絶対性を生きるのである。

主人公木村末男は、このようなあばずれ娼婦の彼女のなかに、時として自分の心に浮かぶほんとうの女の片鱗を見つけていっそう愛を感じる。

しかし、まっとうな日常生活者である主人公は、非日常で出会うきみをどうすることもできない。結局、彼女をそこに残したまま自分の日常性へ回帰する。

娼婦の世界の絶対性を生きる彼女がそこから自由になるためには、人間として死ぬしかない。娼婦倉林きみは梅毒に罹って気が狂うことで自由になる。

―主人公の妻（飯塚）克枝との関係

美人で女学校を出ており、仕事では男に伍して引けをとらず、何事にも正確で断定的で、時代の趨勢と権力によく親和し、同化する。職場では、仲間に一目置かれる権威的なリーダーになり、そこに生き甲斐を見出している。

ひょんなことから彼女に惹かれて結婚した主人公は、同僚から「お前には過ぎた女だ」と言われ続けるが、主人公にとっては「その過ぎた」といわれる妻克枝の部分こそが気に入らない部分であり、ねじ伏せてたたかうべき彼女の絶対性なのである。

ファシズムの気配が濃厚になり市民的、政治的自由が抑圧されるなか軍部の支配体制が強化されて時勢は一気に一つの目標（戦争）のもと国民総動員体制になっていく。

妻克枝はまさにその真正の体現者として生き生きとし、何かというと、「無気力」「非国民」「人間でない」などと、夫である主人公を指弾し、二言目には「別れる」と口にする。しかし、軍の支配下にあった御用組合が廃止される事態になり、婦人部長であった克枝は居場所を失って自失し、駆落ち紛いをしたあと、会社も辞めてしまう。その後は家に籠って主人公を専制的に支配するようになる。

家庭生活は修羅の場になる。主人公は、狂信的な克枝を、ゆるい抵抗の言葉で宥めようとするが、克枝はますます気ちがいじみて、主人公を自分の肉体に刺さった抜くことのできない棘のように憎悪する。

主人公は、そんな克枝をうんざりはするが憎むことはなく宥めながら妻として愛して別れようとは考えない。

克枝が親戚の男と関係をもち、現場を主人公が目撃するが主人公は、姦通罪で訴えずに妻を赦してそれまで通りの生活を続けようとする。しかし、妻克枝の方が激変する。おどおどと主人公の顔色を窺いながら、あんたは「世界一のえらいひとや、ええひとや」などと褒め上げながら服従する。

極端から極端へ変貌する妻を見て、不幸過ぎるのも、幸福すぎるのも嫌いな、つまり過ぎたるものが嫌いな主人公は、ちょっとした嫌がらせをして克枝を挑発する。それに堪え切れずに克枝は家出し、年老いた按摩と同居して乞食のような生活に零落する。その按摩とも別れさせられて克枝が行き場を失ったとき主人公は探し出して家に連れ戻す。

ここでようやく、二人の桎梏と葛藤は一段落して克枝の日常と主人公木村末男の日常が重なり合い、主人公の、妻の絶対性とのたたかいは、ひとまず終息する。つまり、和解が成立するのである。

太平洋戦争敗戦とそれに続く戦後十年、世の中の激変をともに生きて、いま、白髪交じりの四十七歳になった主人公は、ともあれ、昨日と変わらず妻の克枝と向き合って暮らしている。たぶん明日も明後日も……。

妻克枝の長所として惹かれたところが時勢と一体化して極端になり、気ちがいめいた短所に変貌するなかで、主人公は罵られ、裏切られ、別れると口癖のように宣言されても、動揺はするが、決して別れようとはしない。やはり妻を愛しているからと自答しながら、妻克枝のすべてを赦して受容する。

椎名麟三のいう「イエス・キリストから与えられた恵みとしての自由に表現をあたえる」

つまり「この世界の絶対性へ挑戦」する者として、妻克枝の絶対性とたたかう主人公木村末男は、「一交通労働者の生活に起こる絶対性」への挑戦者なのである。

故に、妻との関係は、同時に主人公の人生の起伏そのものをも意味するので、何があろうと決別することはできない。妻と別れるということは、主人公の人生の切断、つまり、主人公木村末男の死をも意味するからである。

――同僚の妻ひろ子との関係

初めて遇ったとき、その豊かすぎる肉体とそこにみなぎる生命力、童女のような天真爛漫さに主人公は、圧倒されつよく魅せられてひろ子を愛するようになる。何もかも豊かすぎる彼女の愛は、日常を超え、現実を超えて燃えあがり、人妻という縛りを解いて主人公に向って溢れだすが、主人公は、ひろ子をどれほど愛していようが、同僚の妻という閾は超えない。

どんなに愛しても、ひろ子への愛は、主人公にとっては、常に超えられないハードルが横たわり現実にはなり得ない。ひろ子にとってもそうであり、主人公に烈しく愛を求めながら、同時にそれを妨げる理由を見つけて徹しきれない。

同僚である夫が死んでひろ子が独りになったとき、妻が行方不明の主人公は、ひろ子と関係をもち、結婚を約束する。

ようやく二人の関係が日常の現実になりかけたとき、行方不明だった主人公の妻克枝が見つかり、主人公はひろ子を裏切って、妻克枝との日常に回帰する。

つまり、ひろ子との関係は、非日常の一時であり、現実にはなり得ないバーチャルな世界のできごとなのである。形而上の世界とも言い得る。

前述したように、彼女らはそれぞれ、主人公の現実の日常であり、非日常の一時であり、非日常の非現実（バーチャル）であるのだが、同時に、それは、主人公が現実に生きている社会的現況のメタファーでもある。

なかでも、妻克枝において戯画化され典型化して表現される時代状況、軍部による国家権力の掌握と独裁化が国民を圧倒的な支配力でマインドコントロールしながら戦争へとなだれをうつ状況が、気ちがいじみ悪魔めいた克枝の言動に重なるイメージとして活写されている。

人間が人間であるかぎり、人間として自覚的に生きるということは、どのような時代であれ誰であれ、主人公木村末男と似たような選択をせざるを得ないということであろうか。

キリスト者椎名麟三が、クリスチャンではない中小私鉄の一労働者に託して描いたのは、どんな人生であれ、生まれて生きていることを素直に肯定して、そこで出会うすべてのことをありのままに受容しつつも、常にかけがえのない自分自身であることを信じ、その人生を喜び愛して、その存在を脅かし危うくするものに気づいたら、心に抱く「美しい女」を支えにして、自分が信じる自分ができるやり方でそれとたたかうべきであるということなのだろう。

椎名麟三のいう「美しい女」とは、風に揺れる人間存在の根源を支えて、それを現実に生かしめる胞衣（えな）に包まれた大いなるもの、実存の深部にある母原とでもいうべきものではあるまいか。

人間がそれを願うとき、求めに応じて限りなく多様に顕現する生の母原、その姿は、千変万化、変幻自在、例えば、あるときは「おかあちゃん」、またあるときは「恋人」、「熟女」「少女」「姉」「妹」「魔法使い」「道化師」などなど……と、姿は変われども本質はただ一つ、「美しい女」と名付けられる存在なのである。

一つの像として表現したり可視化したりすることは不可能であるから、ただ心に思い浮かべて感じるだけである。

したがって、主人公木村末男の出遭う三人の女性たちはそれぞれに、本質的には美しい女なのである。しかし、彼女らが彼女らの絶対性を生きるとき、彼女らは美しい女ではなくなるのである。

心に「美しい女」を抱きつつ、どのような現実も受け止めて愛し、自他に誠実に生きる平凡な一交通労働者、主人公木村末男も、言ってみれば「美しい男」であろう。「ほんとうの美しい男」ではないにしても……。

（2015・1・27）

〔参考文献〕

『椎名麟三集　日本文学全集五六』　筑摩書房
『椎名麟三全集　第十六巻』　冬樹社
『椎名麟三全集　第二十巻』　冬樹社
『椎名麟三全集　第二十一巻』　冬樹社
『椎名麟三全集　別巻』　冬樹社
『作品論　椎名麟三』　斎藤末弘著　桜楓社
『椎名麟三　管見』　田靡　新著　神文書院

『私のドストエフスキー体験』をめぐって

椎名麟三は、ドストエフスキーとの出会いを、次のように述べている。

――そのころ私は人生に絶望していた。未決で転向し、シャバへ放り出されていたのだが、その生活は希望のないものであった。いつも特高の監視下におかれていたからだというのではなく、貧乏であったためと、それとたたかう自分の精神のよりどころを失ってしまっていたからだった。拷問のときに見た死へのニヒリズムや未決で陥った同志や大衆に対する愛のニヒリズムが、自分を社会的関心へ生かす橋を切りはなしてしまったようだったのである。私は、この自分の内面に起こったニヒリズムの克服を求めて、未決で知ったニーチェからいわゆる実存哲学の系譜を読んで行った。そして、この世のなかは、とどのつまりは、結局わけのわからないものだということだけはわかった。ニーチェにも不条理の壁があるし、ヤスパースやハイデッガーにもそれがあるからだ。しかしわけがわからないではすますこともできなかったのである。

　私は、ぼんやりし、いつも途方に暮れた顔をしていた。やっと私は前科をかくして新潟鉄工へ就職し、とにかく食えるだけは食えるようになった。そんなある日、ふとニーチェの賞めている三人の作家のものを読んで見ようと思ったのである。シュティフターの『晩夏』、エッケルマンの『ゲーテとの対話』、それからドストエフスキーだった。だが、シュティフターのあのきびしい美しさは、私のようなくだらない人間には無縁な気がしたし、ゲーテとエッケルマンとの対話はエッケルマンのゲーテに対する態度があまりに卑屈すぎるような気がしていやだった。

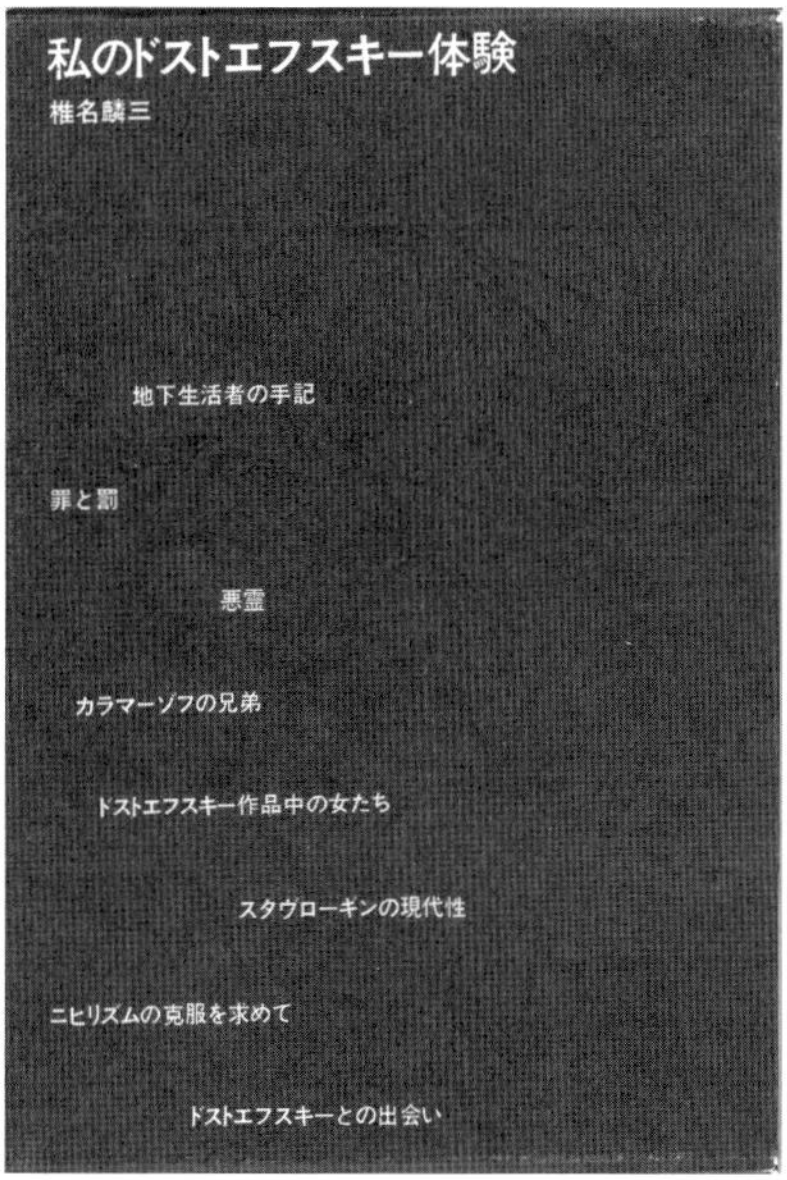

『私のドストエフスキー体験』1967年 教文社（姫路文学館提供）

　だが、ドストエフスキーに出会ったとき文字通り強いショックを感じたのである。そのとき私の読んだ本は、『悪霊』だったのだ。私の数え年二十八のときだ。（P189）

——ニーチェから始まった読書は、主

体的なニヒリズムの克服を求めて、いわゆる生の哲学の系譜を読んでいく仕儀となった。しかしそれらは、僕の知らなかった多くのことを教えてくれたが、僕のニヒリズムは深まる一方であった。そのような状況において、僕は、ドストエフスキーに出会ったのである。とにかく彼は、追いつめられた者でも叫ぶことはできることを教えてくれた。(P180)

――ドストエフスキーは、私に文学への眼をひらいてくれた人であり、文字通りの意味で私の先生というべき人である。私は、彼の作品から文学というものを教えられただけでなく、自分の生きていく方向さえあたえられたといっていいからだ。私が生きることに行きづまり、キリスト教へ近付いて行ったのも、ドストエフスキーがひとつの大きな動機になっている。(P196)

――それまで私は、多少の軽蔑のいりまじった失望なしには、小説を読むことはできなかった。私が昭和の初期の左翼運動に加わっていて、その運動によって一つの固定観念、「文学というものは政治的実践には何の役にも立たない」という考えを、従順にのみ込んでいたせいだと思う。

だが、三十にも近くなって、ニーチェの賞めている作家にふと好奇心を起こし、それらの作品を読んで見たのだが、そのなかにドストエフスキーがあったのである。人生における出会いというものが、それが出会いという意味に値するかぎりにおいて、その当人の人生を変えるものだということはいうまでもない。私にとっては、それはドストエフスキーであり、そのドストエフスキーによってはじめて文学への眼をひらかされたのだ。レーニンやマルクスは、たしかに私に自分の人生の意味をあたえてくれたが、転向して自分と思想を裏切っていた私にとって、彼はいままでとちがった意味を私にあたえてくれた。（P208〜）

――当時の私は、ドストエフスキーの作品を鑑賞家、つまり読んで楽しもうとか、批評や研究するために読むとかいうふうな読み方をしなかった。哲学の本を読んできたと同じような仕方、つまり救いを求める、自分を求める仕方で、自分の身にひきつけて読んでいる。（P223）

このように、椎名麟三が、ドストエフスキーとの出会いを繰り返し述べているのは、その出会いが、劇的であり、その影響は、深く心身の深部に食い込み、血肉に溶け込んでいるということを証するものであろう。

次の言葉がその万感を物語っている。

「ひとりの人間がひとりの作家に出会うことによって、その生き方だけでなく、時には運命さえ変えられてしまう」

それでは、椎名麟三が、ドストエフスキーと最初に出会った作品『悪霊』について、ちょっと見てみよう。

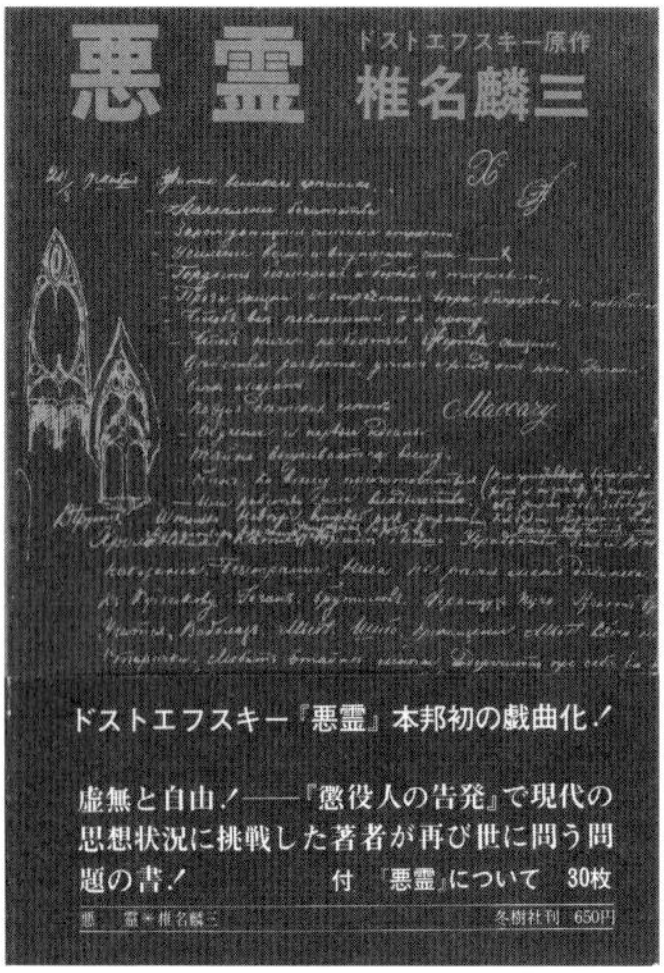
悪霊
ドストエフスキー原作
椎名麟三
ドストエフスキー『悪霊』本邦初の戯曲化！
虚無と自由！——『懲役人の告発』で現代の思想状況に挑戦した著者が再び世に問う問題の書！
付「悪霊」について 30枚
悪 霊＊椎名麟三
冬樹社刊 650円
『悪霊』1970年冬樹社
（姫路文学館提供）

＊

一八六一年の農奴解放令によって、それまでの価値観が崩壊し、動揺と混乱が深刻化する帝政末期のロシア。時代の空気に敏感に反応し、先鋭化する青年たちは、無神論や無政府主義に走り、秘密結社を組織して既存社会の転覆を企てる。

ロシア社会が大転換する過渡期にあって、このような思想に取り憑かれた人間たちの生き様とその破滅を、実在した事件をヒントにしながら、冒頭にプーシキンの詩と聖書のルカ福音書第八章三二―三六節を引用して、生々しい人間ドラマが繰り広げられるのである。

この『悪霊』が生まれるきっかけとなった事件とは、一八六九年十一月二十一日、革命結社「人民制裁」を率いるセルゲイ・ネチャーエフが起こした内ゲバ殺人事件である。ネチャーエフは、結社からの脱退を申し出たモスクワのペトロフスカヤ農業大学の学生イワーノフを、同志四人とともに殺害し、遺体を大学構内にある池に沈めた。事件は一週間後に発覚した。

ドストエフスキーは、この内ゲバ殺人事件の報に接し、ロシアの革命運動を糾弾する小説を思い立ったのである。

『悪霊』は、そうしたドストエフスキーの思いを主張する作品になるはずであったが、構想から九か月ほど経た一八七〇年八月の初め、ドストエフスキーの脳裏にとつぜん、新しい主人公スタヴローギンが浮かび上がった。

ドストエフスキーは「創作ノート」に書いている。

「いっさいはスタヴローギンの性格にあり、スタヴローギンがすべて」「小説の全パトスは公爵にある」「残りのすべてのものは、彼のまわりを万華鏡のようにめぐる」と。

ちなみに内ゲバ事件のネチャーエフは『悪霊』のなかではピョートル・ヴェルホヴェンスキーのモデル、殺害された学生イワーノフはシャートフのモデルとされている。

そして、その二か月後に出版者に出した手紙には次のように書いた。

「わたしの物語の中心的事件の一つは、モスクワで起きた有名なネチャーエフによるイワーノフ殺害事件です。……わたしはたんに起こった事実を借りるだけです。……わたしの書くピョートル・ヴェルホヴェンスキーは、ネチャーエフとは似ても似つかないかもしれません。……しかししかりにその人物一人だけであったなら、わたしはこれほど惹きこまれることはなかったでしょう。わたしに言わせると、あんなふうな醜い事件は文学に値しないからです。……それはやはり、真に、この長編の中心人物と呼ぶことのできるもう一人の人物（ニコライ・スタヴローギン）の行動のアクセサリーであり、舞台装置であるにすぎません。このもう一人の人物は、同じく陰惨で、同じく悪人です。しかしわたしには、これは悲劇的な人物と思われるのです……。わたしの考えでは、これはロシア的であり、かつ、ひとつの典型的な人物なのです」

このように、ニコライ・スタヴローギンを軸にして構想され、なかでも、主人公スタヴローギンの「告白」を、その要の部分として『悪霊』は創出されたのである。

その結果、『悪霊』は、主要な登場人物のうち、自殺者三人、殺害される者六人、病死、その他の死者四人、というように、ドストエフスキーの他のどの作品よりもおびただしい数の死が描かれることになった。

『悪霊』は、ドストエフスキーの後期を代表する長編小説のひとつであり、この作品が内包する人間存在に対する予見の深さが、歴史のなかで古びることなく、大きな人間ドラマが出現するたびに、その時代に対する今日的な命題を投げかけてきている。

『悪霊』はこのように時代を超えて傑出した世界文学作品であるが、ドストエフスキーによって創出されてから読者に届くまでには、彼の他の作品にはみられない特殊な経過をたどってきたのである。

どのように?

それは、椎名麟三が手にし、私たちがいま手にするような小説『悪霊』になってロシアで刊行されるまでにおよそ百年にもおよぶもろもろの検閲との闘いが続いたからである。

理由は二つ。一つは、この小説のクライマックスをなす主人公ニコライ・スタヴローギンの

「告白」が、あまりにも反社会的な内容であるということ。もう一つは、この小説が基本メッセージとしているのが社会主義批判と革命批判であるということ。

農奴制が廃止になり、その末期とはいえ、ロシア正教を国教とした帝政ロシアの時代には、スタヴローギンの「告白」は、あまりに背徳的であり、社会に及ぼす影響が問題視されて、ドストエフスキーが『悪霊』のなかで最も描きたかった、そして心血を注いで描いたその部分が、発表時に削除されてしまったのである。

また、スターリンのソビエト時代には、「革命に向けられた汚らわしい誹謗文書」と断じられて『悪霊』は禁書になった。

激変するロシアの政治的風土のなかにあって、『悪霊』は、どの体制からもその内容が危険視されて、枢要な部分が削除されたり、禁書になったりする悲運に見舞われたのである。

最初から削除を余儀なくされた「スタヴローギンの告白」は、およそ半世紀の時を経て、ようやく日の目を見ることができたのであるが、この削除された『告白』の部分について、ロシアを代表するドストエフスキー学者のひとりは次のように言っているそうである。

「『告白』のない『悪霊』は、丸屋根のない正教寺院である」

つまり、（ロシアの）読者は、半世紀ものあいだ、丸屋根が失われたままの正教寺院を真正の寺院と信じこんでいたことになる。

半世紀ものあいだ、その存在が封じられていた「スタヴローギンの告白」とは、いま私たちが目にする『悪霊』の第二部「チーホンのもとで」の章のことである。

主人公ニコライ・スタヴローギンが、みずからの過去の罪を克明に記録した「告白」の印刷原稿を携えて、町外れの修道院に住んでいるチーホン主教を訪ねる。そこで、その「告白」について、スタヴローギンとチーホンがやりとりする様が詳細に描かれる。つまり、この章の中心に、スタヴローギンの「告白」が置かれていて、十二歳の少女の凌辱や自殺をふくむ一見、犯罪と見紛うおぞましい行為の数々を告白したその内容をめぐって、神、信仰、無神論など、人間の営みの諸相、つまり、生きるということについて意見が交わされるのである。

＊

椎名麟三は、この『悪霊』を読んで、その主人公スタヴローギンに心を奪われてしまったと述懐する。スタヴローギンの心の奥底にある何かが、当時の挫折し、絶望した椎名麟三の心に鋭く響いてきたからである。明らかに椎名麟三の心のなかにもスタヴローギン的なものが住んでいた。

そこで、彼は文学に志し、自身のなかにあるスタヴローギンをいかに克復するかという問題と取り組んだ……と。だから、椎名麟三にとっては、スタヴローギンのディテイルは問題ではなく、スタヴローギンから与えられた問題が問題であったと述べる。

しかし、と、私はここでちょっと立ち止まる。スタヴローギンのディテイル（スタヴローギン像）を知る（読み取る）ことなしに、スタヴローギンから与えられる問題とはどのようなものなのだろうか？

ここは、まあ、作家椎名麟三特有のレトリックと素直に理解して、そのニュアンスと力点を汲みとろう。

では、スタヴローギン的な問題とは何か。椎名麟三によれば、それは虚無であるという。

昭和初期の貧しい青年であった椎名麟三は夢想する……

若さと才知と美貌に恵まれ、ありあまる時間と富に囲まれて、何をしてもいいし、何でもできる貴族という特権階級に生きるスタヴローギンの自由な生活……。

しかし、主人公スタヴローギンはペテルブルグでの放恣で退廃的な生活に退屈し、疲れ果てる。

そこで、椎名麟三は、思考する……

「自由とはこんなものではない。何かができなくてはならないし、何でもできなくてはならない。何かができなければ、何でもできるということにはならない。何かって何だろう。それは自己にとって不可能なことだ。自己にとって不可能なことって何だろう。それは自殺であり、自己の欲するものに背くことである。「汝の敵を愛せよ」といったイエスの言葉は、このような意味において、人間の自由を現している」と。

椎名麟三によると、スタヴローギンが「告白」した十二歳の下宿の娘マトリョーシャを凌辱したことも、その少女が物置で首をくくって死んでいくのを隙間から仔細に見届けたのも、「汝の敵を愛せよ」というイエスの言葉をスタヴローギンが実行した結果だという。なぜなら、スタヴローギンがそうせずにはいられなかったのは、その少女を愛していたからであり、足の悪い、あたまの弱い貧乏娘（椎名麟三の表現のままでは引用しにくいので筆者が意訳）マリアと結婚したのはマリアを憎んでいたからである。そうすることで、彼は彼の不可能を超えて自由であるはずなのに、自己の不可能を超えた瞬間、スタヴローギンは死んだも同然になった。

スタヴローギンの「告白」を聞いた（読んだ）チーホン僧正は、これは偉大な思想でキリスト教思想だといい、スタヴローギンをして自己の不可能を踏み越えさせる力のなかに、内在する神を見たのだが、神のないスタヴローギンには、ただ醜悪な力としか感じられなかった。

しかし、と、椎名麟三はつづける。

人間に内在するこの醜悪な力こそ、人類の歴史の根源であり、人類を動物から区別して人類に歴史があるのもこの力であると。しかし、人間にとって根源であるがゆえに人間の限界でもある。ゆえに、スタヴローギンは、人間の究極の不可能に直面する。そこでは二つの問いしか残されていない。自殺するか、神を信じるかだ。しかし、そのどちらもできないとなるといったい人間はどうすればいい？

でも、何かをしなければならない。スタヴローギンは夢を見た。人間にとって最も美しい荒唐無稽な夢を見て目覚めて泣いた。しかし、所詮、夢は夢である。

貴族なのに、社交界に住めず、（自分たちのような）どん底の貧民の世界にも住むところのない人間、つまり、この世のどの世界にも住む場所のない人間として立ち現われている虚無的な人間であるスタヴローギン……。

この過程で、椎名麟三は、スタヴローギンに自己投影し、同一視して同化しており、スタヴローギンなのか椎名麟三自身なのか不分明な部分がある。

椎名麟三は述べる。

虚無から救われるためには、二つの道しかない。神を信じるか(当時の椎名麟三には考えられないことだった)、この世の一切に無関心になるか。この場合、自己の虚無にさえ無関心になることはもちろんである。一種の自己放棄であるが、自己を放棄させたものは他の何者かではなく、自分自身なのであるから、一瞬一瞬は緊張の連続となるはず。ひとりでいるときはいい。他人といるときはそうならざるを得ない。しかもスタヴローギンは神を信じたという節は全く見られない。ゆえに、スタヴローギンを「無関心病」と呼び、当時の自分は、その病気にかかることを心から望んだ。なぜなら世の中に対する一切の無関心、つまり、自分自身の一切に対して無関心になることができたら、どんなに楽で、気持ちがいいだろう。そのとき、自分は、世界や自分自身の上に立ち、空を流れる雲のように、この地上の自分自身をふくめた一切の争いやなやみを平気で見下ろしていられるからだ……と。

しかし、人間は、無関心に徹することも、無関心を持続することも不可能らしい。結局は虚無に墜落していくばかりで、スタヴローギンも虚無に食い荒らされてしまい、丈夫な絹紐にぶら下って縊死した。スタヴローギンにとっては死ぬしか救われる道はなかったのだろう。しかし、死は救いであろうか。彼にとっては、もはや死さえも無意味であるはず。それにもかかわらず彼は自殺した……と。

椎名麟三は呟く。

――彼は死を遊んだだけなのだ。しかも、無意味であるが故に、その遊びは退屈な遊びにすぎなかった。絹紐にぶら下っている美男子スタヴローギンの姿を想像すると、私は滑稽というよりは、何か痛ましい気がした。人間というものが痛ましく、私自身が痛ましい気がした。全く虚無というやつは恐ろしい。

さて、それまで『ほんとうの自由』を求めて哲学書ばかり読んでいたという椎名麟三が、魂をゆるがすような感銘を与えられ、哲学書では味わうことのできなかった「ほんとうの自由」のたしかな手ごたえを感じさせてくれたと述懐する小説『悪霊』……。

「ほんとうの自由」を求めつづけている椎名麟三が、まだ知らない「ほんとうの自由」の光が、心にさっと射し込むのを感じたという一つの場面について次のように述べている。

――金持ちの女地主の一人息子で、とびきりの美男子、才知も人なみはずれてすぐれているが、虚無の権化のような主人公スタヴローギンと、人生を愛し、子供も大好きな善良な人間であるが、神なんか存在せず、人間が神であるという思想を抱き、それを証明し、すべての人に人間こそ神であるという「福音」を伝えるために自殺を決意するキリーロフというスタブローギンから多大な影響を受けた人物がいる。そのふたりの会話を味わってもらいたい。

(筆者注、この場面は、スタヴローギンが因縁の相手ガガーノフと決闘することになりそうで、その介添え役をキリーロフに頼みにやってきたときのふたりの会話の一部である)

キリーロフが突然木の葉の話を持ち出す。

「木の葉はいいもんです。何もかもいいもんです」

「何もかも?」

「人間が不幸なのは、ただ自分の幸福なことを知らないからです。それだけのこと、断じてそれだけです。それを自覚した者は、すぐ幸福になる、一瞬のうちに。あの姑が死んで女の子がたった一人取り残される。それもすべていいことです。僕は、忽然としてそれを発見した」

スタヴローギンが問う。

「人が餓死しても？　女の子を辱めたり、けがしたりしても、――それもやっぱりいいことなんですか？」

キリーロフはこう答える。

「いいことです。人が子供の敵討ちに脳味噌をたたきつぶしても、それもやはりいいことです。もしそれを悟ったら、小さな女の子を辱めなどしなくなるでしょう」

この言葉を聞いたときに、何かしら新鮮な、私のまだ知らない「ほんとうの自由」の光が、私の心のなかにさっと射し込むのを感じるのである。何度読んでもそうなのだ。しかしよく考えて見るとこの言葉はおかしな言葉なのだ。つまり論理的に矛盾している。キリーロフは「小さな女の子を辱めてもいいといった。しかしそれを「悟ったら」そんなことなどしなくなるという。「悟る」とは、ここでは「ほんとうに知る」という意味なのである。だからキリーロフの言葉を要約すれば次のようになる。

「人間はすべて許されている。しかしそのことをほんとうに知った人間は、女の子をはずかしめたりなどしないだろう」

この要約によって、キリーロフの論理的矛盾は、一層明らかになるだろう。すべてが許されているとすれば、どんなわるいことをしてもいいのだ。もちろんこの場合のわるいことというのは、私たちの知っている常識的な意味でのわるいことなのである。スタヴローギンが「女の子をはずかしめても」というのも、スタヴローギンらしくもなく、世間的常識を背後にしての発言であることはいうまでもない。しかし人間はすべてが許されている、ということから、わるいことはしないだろうという一方的な帰結が引き出されるはずはないではないか。明らかにこれは矛盾だ。それにもかかわらず、そこに「ほんとうの自由」の光が感じられるのは何故だろう。私の思いちがいでなければあのフランスの文豪アンドレ・ジイドも、この個所をとり上げて、至福の予感のする場所といっていたように思われる。

——この箇所は長い間私をなやました。

白状すれば、この個所がほんとうに理解できたのは、キリスト者となってからである。この論理的矛盾をとくカギは、「悟る」ということのなかに、いいかえれば「ほんとうに知る」ということのなかにあったのだ。人間はすべて許されているということは、人間の全的な自由の宣言である。少女をはずかしめたりしないだろうということも、他人や社会に強制されたものではなく、自由な選択である。このいわば個人的な自由として道徳を守るということは、客観的な全的な自由から導き出されているものであることはいうまでもない。しかしこのことは、前に何度も繰り返しているように、直接的に導き出されることは不可能なのだ。

この言葉の背後にはキリスト教があるのだ。正しくいえばイエス・キリストが立っておられるのだ。キリスト教は、キリストの十字架によって人間の罪はすべてゆるされたという。いいかえれば、人間に全的な自由をあたえられたのである。だから、何をしてもいいのだ。だが、その一方において、山上の垂訓と呼ばれる多くのおきてがある。「殺すなかれ」「姦淫するなかれ」などのおきてなのだ。人々はそのおきてに、キリスト教の不自由さを感じる。しかしそのおきてこそは、キリスト教の不自由な表現でなく、実は自由の告白なのである。ここには、人間の全的な自由と個人的な自由とが矛盾なく両立しているといえるだろう。むろん直接には不可能だ。悟るということ、ほんとうに知るということは、「イエス・キリストに於いて知る」ということであり、この矛盾の両項を成立させているのは、イエス・キリストなのである。だからキリーロフの言葉をいいかえれば次のようになるだろう。

「人間はすべて許されているということを、イエス・キリストに於いて知っている者は、小さな女の子をはずかしめたりはしないだろう」

私のキリーロフの言葉から感じたほんとうの自由の光は、この矛盾の両項を成立させているイエス・キリストからやって来たものだったのである。むろんそれと知らずにだ。

＊

椎名麟三は、ドストエフスキー文学について、読んで楽しもうとか、批評したり、研究しようとかいう気持ちではなく、哲学書を読むのと同じやり方で、ドストエフスキーの文学を、自分に引きつけて読み、そこに救いを求め、自分を求めてきたと言っている。

そうであるからこそ、以上に見てきたように、『悪霊』と初めて出会ったときの驚きを、自分自身に引きつけて、繰り返し沈思し、黙考したのであろう。

そして、そこから必然的に手繰り寄せられた『悪霊』に対する見解、つまり、ドストエフスキーとドストエフスキー文学に対する椎名麟三的理解によって、それまでの自分自身とその生き方が得心され、慰撫されもして、それなりに肯定することができるようになったのではないか。そして、そこからおのずと生きていく新しい指標が明確になったのではないだろうか。

『悪霊』に出会ったあと、椎名麟三は、ドストエフスキーを網羅的に読んでいくのであるが、その代表的なものとして、『悪霊』以外に『地下生活者の手記』『罪と罰』『白痴』『未成年』『カラマーゾフの兄弟』を挙げて言及している。

しかし、最初の断り書きにあるように、どの作品についても、あらすじを述べたり、解説をしたりはしない。いわば、ピンポイント的に、作品のなかで、彼の関心を惹き、注目し、問題視した箇所について詳述する。だから、椎名麟三のドストエフスキー論を読むときには、ドストエフスキーの作品を読んでいるだけでは十分ではない。椎名麟三自身の作品にも目を通しておく必要があると思われる。

＊

次に、『カラマーゾフの兄弟』について、椎名麟三は、どのように向き合ったのか、見ていきたい。『カラマーゾフの兄弟』は、ドストエフスキー最後の大長編小説であり、これを書き上げてわずか三か月後に、彼は亡くなるのである。

いわれるように、この作品は、『死の家の記録』から『地下生活者の手記』『罪と罰』『白痴』『悪霊』『未成年』へと続くドストエフスキー文学の「終生のテーマ」の集大成とも、ドストエフスキー自身の人生の総決算ともいわれている壮大な作品である。

歴史のなかに古びることなく、一三〇年余のときを経てなお、二十一世紀の現在を生きている私たちに、生きること、生きて在ることの根源的な意味を問い続けて、不滅の光芒を放っている世界文学の最高傑作である。

テーマは、多岐にわたるが、その中心となるのが、富裕な地方貴族カラマーゾフ家の当主フョードルの殺害、つまり父親殺し事件である。フョードルの長男ミーチャ（ドミートリー）、次男イワン、末弟アリョーシャ（アレクセイ）のカラマーゾフ三兄弟と下男スメルジャコフ（フョードルの隠し子とも噂されている）の四人をめぐって、ロシアの風土とキリスト教（ロシア正教）信仰を背景にして、さまざまなエピソードを挿みながら、誰が、なぜ、どのように、フョードルを殺したのか、ミステリアスに進行する。

蠱惑的な女性グルーシェンカ（グルーシェニカ）をめぐって、ロシア的、典型的なカラマーゾフ力を備えた父フョードルと長男ミーチャの葛藤、イワンとアリョーシャのアンビバレントな肉親愛、得体のしれない不気味さを内包するスメルジャコフとイワンとのいわく言い難い微妙な関係など、過渡期のロシアの色濃い雰囲気のなかで、カラマーゾフ家とそれを取り巻く人々のそれぞれの生き様が明らかになるなかで、キリスト教（ロシア正教）信仰について、神と悪魔、罪について議論しつつ、両義的で矛盾に満ちた人間存在の根源をするどく見据えて、激しく響き合う一大交響曲のような壮大な人間ドラマが展開するのである。

『カラマーゾフの兄弟』についても、椎名麟三は、解説者の位置にはいないから、筋立てをくわしく物語ることはしたくないが、読者の便宜のためにとして、次のように述べている。

――この小説は、フョードル・カラマーゾフという肉欲的な父とその三人の子、ドミートリーとイヴァンとアリョーシャとの間における、一人の女グルーシェンカをめぐっての葛藤の物語である。この作品も、他の多くの作品、たとえば『罪と罰』、『白痴』、『悪霊』と同じように殺人事件が一つの中心になっている。ドストエフスキーのこのような発想の類似は、注目すべきだろう。しかし私にとっては、そんなことは問題ではなかったのである……。

右の作品紹介には、読者のための便宜的なちょっとした導入という断りがあるにしても、一番大事なことが省かれている。それは、この壮大な長編小説のメインテーマともいえる「父親殺し」について一言も触れられていないこと。ドストエフスキーの作品によく見られる一つの殺人事件とだけ述べて、自分にとってそんなことはこの作品を読むうえで問題ではなかったと断じている。

ほんとうだろうか。椎名麟三ほどの表現者である。見過ごせるはずがない。意図的に省いたとしか思われない。なぜ省いたのだろう？

椎名麟三自身の父との関係を推測するとき、そこからほの見えてくる椎名麟三の意識下にあるものの重たさが、「父親殺し」というテーマに向き合うことの深刻さを回避させたとでもいうのだろうか。ともあれ、このテーマに全く触れていないのは実に不可解である。

椎名麟三は、先ず「大審問官」について述べる。

——私にとっては、「大審問官」の一章が私を打ちのめしたといいたいにすぎない。ドストエフスキーを読んだころの私は、あらゆるものの不信の真只中にあったのであり、どんな権威がそれを真理として示そうとも、私自身がそれを真理として認めないかぎりは、強情に拒否したにちがいないからである。

しかし、このような私に対して、「大審問官」の一章は、私に何を示したというのか。それはたかだか無神論者のイヴァンがつくろうとした劇詩の内容にすぎないのである。聞き手は、僧院に入っている末弟のアリョーシャ。その劇詩のテーマは、なんと私がいままで追究して来た「ほんとうの自由」なのだ。しかもこの章の真の主人公は、私の信じようとしても信じられないあのキリストなのである。

時代は十六世紀。舞台はスペインのセビリア。大審問官の指揮によって百人の異教徒が一度に焼き殺された翌日である。

「キリストは、何時とはなくおもむろにあらわれた。すると一同の者は、――奇妙な話であるが――それが主であることを悟ったのだ。つまりどういうわけでみながそれを悟るか、という理由が素敵なのだ」

だが、この素敵な理由なるものは、ただ一言も語られていないのである。もしその素敵な理由がわかりさえすれば、無神論者の私だって、キリストに近付くてだてがわかろうというものではないか。

私は、仕方なくイヴァン（イワン）の話を追う。

「彼（キリスト）は、限りなく憐憫のほほ笑みを静かにうかべながら、無言で群衆の中を進んで行く。愛の太陽はその胸に燃え、光明と力の光線はその眼から流れ出て、人々の上に満ち溢れながら、応うる如き愛をもって一同の心をふるわす。彼は一同の方へ手を伸べて祝福したが、その身体ばかりか、ただ着物にふれただけで一切のものをなおす力が生じるのだ」

――これが無神論者イヴァンのキリストにたいする描写なのだ。これではまるでキリスト讃歌の言葉と同じ調子ではないか。ここには無神論者らしい否定も、少なくともその意地わるさも、すこしも入っていないのである。いわば信者がキリストを語る素直さにあふれているとしかいえないだろう。

(筆者注　この部分のわからなさ、不可思議さについては、山城むつみ氏の『ドストエフスキー』のなかで詳しく解説されている)

と、述べた後、大審問官の話を引用しながら大審問官のいう「自由」とは何かについて、詳述する。すこし長くなるので、筆者の要約を挿みながら以下に引用する。

――むろん「大審問官」の一章の眼目は、そんなところにはない。大審問官の自由についての論理にあるのだ。数々の奇蹟を行った後、セビリア寺院の前で、大審問官の僧正の一行に捕えられ、「神聖裁判所の古い建物内にある、暗く狭い円天井の牢屋へ連れて来て、ぴんと鍵をかけてしまった」というような破目に陥る。その夜、大審問官は、ただひとり灯をもって、その牢屋を訪れるのだ。その大審問官は「ほとんど九十になんなんとしているけれど、背の高い腰の真っ直ぐな老人で、顔はやせこけ、眼は落ちくぼんでいたが、その中にはまだ火花のような光がひらめいている」といった人間である。そのような老人がキリストに対する訊問をはじめるのだ。その間キリストは始終無言なので、大審問官ひとりの独白という形をとらざるを得ないのである。彼は、人間の自由の成就を最初に宣言するのだ。

こういう仕方においてだ。

「『……ところで、人間の自由はまだあの頃から、千五百年も前から、お前にとって何より大切なものだったじゃないか。あの頃(われはなんじらを自由にせんと欲す)と、よくいっていたのはお前じゃないか。ところが、今お前は彼らの自由な姿を見た』と、物思しげなうす笑いをうかべながら、老人は急にこういい足した。

『ああ、この事業はわれわれにとって高価なものについたが、いまわれわれはお前の名によって遂にこの事業を完成した。十五世紀の間、われわれはこの自由のために苦しんだが、今はきっぱり完成した。人間は今，この時、自分らが十分自由になったと信じている。しかしその自由を自らすすんでわれわれに捧げてくれた。おとなしくわれわれの足もとへ置いてくれた。けれど、お前がのぞんだのはこんなことじゃあるまい、こんな自由じゃあるまい』」。

――大審問官のいう「自由」とは何か、次第に問題の核心にふれていく。キリストの荒野での三つの試みを取り上げてこの三つの問いのなかに一切はあり、しかもそれは悉く的中しているという

「一体どっちが正しいか、お前自身か、それともお前を試みたものか？　第一の試みの意味はこんな事であった。

お前は世の中へ出かけようとしている。自由の約束とやらをたずさえて、手ぶらで出かけようとしている。ところが人間は単純で、生まれつき恥知らずだから、その約束の意味が理解できずに恐れおののくばかりだ。なぜなら、人間や人間社会にとって、自由ほどたえ難いものはほかにないからだ！　このむきだしの灼熱の砂漠にある石ころを見よ！　もしお前がこの石をパンに変えることができたら、人類は、お前に感謝しておとなしい羊の群れのように、お前の後をついていく。しかし、お前が手を引っ込めて、パンをくれなくな

りはせぬかと、そのことばかり心配して戦々恐々としているにちがいない。

ところがお前は、人間から自由を奪うことを望まないでその申し出をしりぞけてしまった。お前の考えでは、服従がパンで買われたのなら、どうして自由が在るといえようと考えたからだ。その時お前は、『人はパンのみにて生きるものにあらず』と答えたが、この地上のパンのために地上の精霊はお前に反旗をひるがえし、お前と戦って勝利するのだ……」

――この大審問官の論理は明晰である。人間はパンによって生きているという厳粛な現実性を誰が否定し得よう。むろんここでは、パンは食物としてだけでなく、「地の精霊」といっている以上、人間の幸福やら愛やらも意味している。いわば人間の生きるこの世のあらゆる根拠をパンで象徴させていることは十分推察できる。それだのにキリストは、そのパンもしりぞけた。しかしパン以上のものをもって服従を求めるというのは、パンによって服従を求める権力者以上の強欲というべきではないか。

私は、慌てて聖書を開いた。「人の生くるはパンのみに由るにあらず、神の口より出ずる凡ての言葉に由る」とあった。ここではっきりしたことは、大審問官のパンの名による反抗は、神の言葉に対する反抗であるということがわかったが、問題は、私にどうしても神なんか信じられないという点にあった。

　神の言葉、それはどうやらキリストらしいのだが、彼は「ほんとうの自由」なのだろうか。パンでなく「ほんとうの自由」によって私たちの服従を買うというのだろうか。それでは、神の名による奴隷化ではないか。しかもその自由も、単なる約束だけと来ている。ここで私に対して、私の一番きらいな二者択一がつきつけられる。パンの名による自由か、キリストの名による自由かである。私は、パンの名による自由に絶望したから「ほんとうの自由」を求めて来たのだ。それではキリストの名による自由か。これまた私には信じられない。「ほんとうの自由」が、大審問官のいうようなとんでもないものであるなら、全く御免という気持ちだった。ただでさえ人生の重荷に打ちひしがれている私へ、さらにたえられないような重荷を背負わされてはたまったものではないではないか。


――大審問官は妙なことをいい出すのだ。

「幾千人幾万人のものが天上のパンのためにお前（キリスト）の後からついて行くとしても、天上のパンのために地上のパンを蔑視することができない幾百幾千万の人間は、一体どうなるのだ？　お前の大事なのは、偉大で豪邁な幾万ばかりの人間だけで、そのほかの弱い、けれどもお前を愛している幾百万かの人間、いや浜の真砂のように数知れない人間は、偉大で豪邁な人間の材料とならねばならないのか？　いやいや、われわれにとっては弱い人間も大切なのだ……」

——どうやらこの大審問官は、人間を軽蔑しながら、同時に私のような下司な人間のことを心配してくれているらしいのである。彼は、人間を軽蔑しながらも、彼の思想の発端は、おどろいたことに人類愛なのだということに気付く。

大審問官の人類愛から発するキリストへの問責は、どこまでも人間の自由という問題をめぐってつづけられていく。彼は、徹頭徹尾、民衆というものは、ほんとうの自由というものに耐えることができないものだという前提から出発して行くのだ。大審問官はキリストの名によってパンの自由をあたえ、それがキリストのあたえた自由であると民衆に錯覚させる。しかしそれは明らかに嘘によってであるから、大審問官はいつまでも嘘をついていなければならない。

しかし私は、何やらこの大審問官の言葉のなかにほんとうの自由の影を見たような気がした。

——大審問官は、さらに自分の思想を述べ立てる。

「パンによって自由になった人間は、自分の崇拝するもの、すなわち、すべての人々と一緒にその前にひざまずくものを求める。だから自分は民衆の要求をみたしてやるために、民衆の偶像になってやっているのだ」と。

そして、キリストを論難する。

「天上のパンと自由の名をもって、唯一絶対の旗幟である地上のパンをしりぞけた。それに、人間の自由を支配するどころか、一層自由にしてやった。お前のもたらした自由ほど人間にとって残酷なものはないのだ」

さらにキリストへの大審問官の論難は、あの荒野の三つの誘惑へと及ぶ。

「奇蹟と神秘と教権であるこのような誘惑に人間は耐えられるはずがない。これは、われわれだけの秘密なのだが、われわれの仲間は、実はお前ではなく、お前（キリスト）が荒野でしりぞけたあれ（悪魔）なのだ」

これに対して、キリストはどう答えたか？　これこそが私にとって問題であった。

大審問官が詰問する間、囚人（キリスト）は、しずかにしみいるように大審問官を見つめたまま、じっと聴いているだけだったが、答えをうながされると、無言のまま老人（大審問官）に近づいて、血の気のないその唇に静かに接吻した。それが答えのすべてだった。

老人はぎくりとなり、牢屋の戸を開け放ちながら

「さ、出て行け、もう来るな……二度と来るな……どんなことがあっても」といって、囚人を夜の巷に放してやった。囚人はしずかに歩み去った。

――私はショックを受けた。大審問官の老いて色あせた唇に接吻したキリストの姿に！それは明らかに大審問官に対する愛と同意の印であり、同時に、大審問官が夢中で述べて来た一切の言葉を無にするような、大審問官に対する超越と同時に拒絶の印でもあったからである。

ドストエフスキーの全作品を読んで来て、はじめてキリストが身近に感じられたというだけではない。そのキリストの姿に、何か私の知ることができないものに根拠をもつ、ほんとうの自由の光が感じられたのである。

「人の生きるはパンのみに由るにあらず」と聖書にあるが、「のみに」が、問題で、パンだけではないということ。つまり、パンの自由も認められているということ。大審問官の論理

の誤りは、パンの自由に絶対性をあたえたということ。何故絶対性をあたえねばならなかったか。それは神の言葉に反抗しなければならなかったからであり、その反抗は、「下品で馬鹿な民衆である」弱い私たちを憐れんだせいだという。しかし私は、大審問官に感謝はしない。彼の思想はファシズムだからである。

——しかし、まあ、これはイヴァン（イワン）の劇詩の話で、大審問官は、キリストの荒野で出会った悪魔の立場に立っている。むろん私は、神はいうまでもなく、悪魔も知らない。キリスト教も知らない。だが、私は無神論者でありながら、神よりも悪魔の存在の方が信じられ「そうな」気がしていたのである。だから第十一篇「悪魔、イヴァンの悪夢」の章が出て来るとそれを熱心に読み返したことはいうまでもない。

次いで、「悪魔」について述べている。

——悪魔は、イヴァン（イワン）の劇詩のなかに登場するのではなく、イヴァンの悪夢的な状況、極度の精神的緊張の結果の幻覚としてあらわれて来るのであるが、なかなかリアリティのある悪魔で、ほとんど私（椎名麟三）に親愛の情をいだかせてくれた。ほとんどというのは、悪魔を好きになってはならないというくだらない私の常識が最後のところで立ち塞がってしまうからである。

服装からして気に入った。すべて一流紳士が身に着けるような仕立ての良い上等のものだったが古びて薄汚れていた。顔は「善良とはいえないまでも、やはり要領のいい顔で、あらゆる点から見て、いつでもどんな愛嬌のある表情でも出来そうな様子」で、つき合いにくい存在ではない。

そしてこんなことを夢想しているという。

「七プード（113・66キロ）もあるでぶでぶ肥った商家のおかみさんに化けてしまって、そういう女のひとが信じるものを全部信じたい。僕の理想は、会堂に入って、純真な心持でおろうそくを供えることだ。その時こそ僕の苦痛は終わりを告げるのだ」

いや全く、可憐きわまる存在で、憎もうたって憎めるものではない。「神と悪魔のたたかい」なんて恐ろし気なものは彼からは予想できない。

しかし、私にとって問題は神なのだ。悪魔から神の消息を聞き出したい。だが、悪魔はくだらないことを喋りまくるだけなのでいらいらしていると、ついに望んでいた会話がはじまった。悪魔はイヴァンにいう。

「君はしじゅう賢くなろうと骨折ってるが、僕は、すべての位階やすべての名誉をすててしまって、でぶでぶの商家のおかみさんの体にやどって、神様におろうそくを捧げてみたいと思うね」

「だってお前は神を信じないんじゃないか」イヴァンは憎々しげににやりと笑う。

「何といったらいいのかなあ、君がもし真面目なら……」

「神はあるのかないのか」イヴァンはしつこく猛って叫ぶ。

「じゃ、君は真面目なんだね？　だがねえ君、まったく僕は知らないのだよ。正直なところ」

「知らなくても、神を見たろう？」

　その通り。これこそ私（椎名麟三）が悪魔から聞き出そうとしたことではなかったか。

　しかし折角の機会をイヴァンはめちゃめちゃにしてしまったのである。彼は、悪魔に向かって、「知らなくても、神をみたろう？」といいながら、つづけて「いや、お前は実在のものじゃなかった。お前は僕自身なんだ。お前は僕だ。そうなんだ！　お前はやくざものだ。お前は僕の空想なんだ」という。悪魔は結局、イヴァンの分身だったのである。私は失望した。無神論者イヴァンに、神のことを聞こうとする喜劇を私は演じていたのだ。

「悪魔」に一章をもうけてわざわざ論じているのは、椎名麟三の場合、ドストエフスキー体験をするとき、キリスト教（ロシア正教）を抜きにしては何事も語りたくない（語れない）からである。

それは、ドストエフスキーとの出会いが、椎名麟三自身の生き方の根源を揺さぶり、以後を決定づける契機となったこと、その主たる要因がキリスト教だったと思われるからである。「ほんとうの自由」を求めて、キリスト教の「神」を知ろうとすれば、必然的に、その影である「悪魔」が出現してくる。

ドストエフスキーに出会ったとき、キリスト教も、その「神」も、まだよく知らなかったと告白する椎名麟三にとっては、キリスト教の「神」がどのように存在するのかを知ろうとすれば、その対概念である「悪魔」をしかと確かめたくなるのではなかろうか。

椎名麟三にとって、イヴァン（イワン）・カラマーゾフの出会う「悪魔」、つまり、ドストエフスキーの描く「悪魔」は、想像以上にリアルで、魅力的でさえあった。そこで、いやがうえにも「神」への関心が深まり、キリスト教に接近することになったのであろうか。

「ゾシマ長老」について

ゾシマは、俗世に在る時はいろんなことをしてきたが、敬慕する兄の死を契機に修道僧となり、今は町の修道院の長老であり、慈愛にみちた高徳の人として、人々の尊敬を集めているが、病気で衰弱しており死が間近いことを予感している。

牧師の息子でもなく、富裕な地主貴族カラマーゾフ家の末弟でありながら、神をふかく愛して信じ、自ら進んで僧院で修養しているアリョーシャをことのほか慈しみ、神に仕えるものとして育てながら、密かに自分の後継者として期待している。

アリョーシャもまた、かけがえのない尊師として、カラマーゾフ家の当主であり、父であるフョードルより以上に心の父として敬慕している。

椎名麟三は、ドストエフスキーがこの大長編小説『カラマーゾフの兄弟』全十三篇のうち、第六篇目を全部ゾシマ長老に費やしているのを見ても、その関心の深さがわかるとして、次のように述べる。

ゾシマはローマ法王のように堂々としたものではなく、おいぼれもいいところで、カラマーゾフ一族が訪れた時も、喋っている人々を無言で見守っているだけで、彼の口から出る言葉といえば、自分で自分を恥じぬことが肝要だ、とか一番大事なのは嘘をつかぬことだとか、当たり前の常識なので、最初は失望したという。

しかし、ゾシマ長老のところにやってきて愛する者の死を嘆いたり、他人には言えぬ罪を告白したりする貧しいが信心深い女たちにかける言葉には、人間の悲しみや涙に対するふかい愛や赦しが感じられたといって、ゾシマの次の言葉を引用する。

「それにな、本当に後悔しながら、神様から赦していただけぬような罪業は、決してこの世にはありません。またあるべき筈もないのじゃ。また第一、限りない神様の愛を失うてしもうた者に、そのような大きな罪が犯せるものではない。それとも神の愛でさえ追いつかぬような罪があるじゃろうか」

――私は、この「神の愛」を「ほんとうの自由」として読んだのである。（キリスト者である今もこの読み方がまちがっていたとは思っていない）。だが、私の思考が、この言葉によろめいたのは当然であろう。何故なら神の愛を失うてしもうた者に大きな罪が犯せるものではないということは、大きな罪を犯せるものほど神の愛をうけているということになるからだ。いわば大きな罪が神の愛の証明となるのだ。ここで私の想像が発展する。神の愛を証明するために大きな罪を犯す人物が私の頭に浮かぶ。

彼は、殺人や少女凌辱や（以上は、ドストエフスキーの作品の思想的弁証にしばしばつかわれる）そして大量殺人をやる英雄や暴君である。だが、彼の無残な所業を想像している私の心に、ある空虚なものの忍び込んで来るのを否定し得なかった。たとえ暴虐の限りをつくし、大量殺人をやろうとも、それは「ほんとうに大きな罪ではない」という空虚さだったのである。その私にとって、それにつづく「神の愛さえ追いつかぬ罪があるじゃろうか」という言葉が私をある神妙な気持ちに陥れてしまったことはいうまでもない。

――ゾシマは『悪霊』のチーホン僧正や『未成年』の巡礼のマカール老人に似ているところがある。それはいつも心に喜びをもっており、へだてなく庶民と交わりながら、快活さを失わない点であり、その苦労人ぶりも一脈通ずるところがある。だが、ゾシマは、チーホンやマカールよりも決定的に私へ何かを語りかけてくれたのだ。

「人々は、服従や精進や、進んでは祈祷さえ冷笑するが、しかしこれらのもののなかにのみ、真の自由にいたる道が蔵されているのである」……と。

――確かに私は、道をあたえられていたのだ。それにもかかわらず、真昼でも薄暮のような感じのする街をうろついたり、夜になれば飲み屋でのんだくれていたのだ。人々はそのような私の姿を見て、嘲笑したり、あるいは期待を（残念ながらそれは自殺への期待だったが）もってくれた。しかしそれからのがれる道はあったのであった。それはゾシマの「道」である。その道は光のようにときどき私の胸に射し込んでくれてはいたが、その道をえらぶことは、私にとって精神的自殺のような気がしたのである。

――聖書は、私にとってたたけばたたくほど、つまり読めば読むほどその門をかたく閉ざしてしまうのである。なるほどゾシマは、聖書について語り、その読むべき個所さえ指示してくれている。しかもロシアの僧侶に向かって、

「果たして諸師は人民に会得の力がないと思われるか？」

とさえいっているのだが、この日本の人民である私には、全くその力がなかったのだ。ゾシマの指示にしたがって、サウロの告白やルカ伝を読んだのであるがやはり駄目だったのだ。しかしほんとうに駄目だったかというとそうではなかった。むろんそれは偶然の一致というべきものであるが、聖書をもう投げ出すより仕方のないところに追いつめられたとき、ル

カ伝が眩しいショックとともに私の眼をひらいてくれたのであった。正確にいえば、ルカ伝の復活のくだりにおいてなのだ。

――それについてもしみじみ考えられることは、宗教的な境地というものは言葉ではあらわすことができないということである。そのためには、師をもつことが必要であり、師の言動を通じてだけ体得されるということだ。生きている師ならもっといい。しかしいつもそのようにうまく行くとはかぎらない。死んでいる自分の師の残した言葉に接するより仕方のない場合だってあるからだ。しかしその師だって、その言葉のなかに生きているのだ。さらにいえば、その言葉のなかに師を生かし得ないなら、その言葉は、無意味なものである。師を言葉のなかに生かし得るのは、ただ師に対する愛だけだといえよう。少なくとも私とドストエフスキーの関係は、そうだったのである。

＊

椎名麟三は、『私のドストエフスキー体験』のなかで、『地下生活者の手記』『罪と罰』『白痴』『未成年』についても論じているが、今回は、『悪霊』と『カラマーゾフの兄弟』の二つの作品にしぼって見てきた。

どんな本を読むか、どんな文学作品と出会うかということは、すぐれて各人の趣向の問題である。それが仕事や義務でないかぎり、読書は基本的に個人の愉しみだからである。しかし、椎名麟三にとって、ドストエフスキーとの出会いは必ずしもそうであるとは言い切れない。繰り返し述べているように、生きることに行きづまり途方にくれていたときに、偶然のようにみえるが実は極めて必然的に、いわば宙からするすると下りてきた一本の命綱のようだったのである。

そう丈夫そうにも思えなかったが、その綱を掴んでみると、綱は、椎名麟三自身の重みで大きく円弧を描きながら揺れ動く。手を放すまいと椎名麟三は、それに必死にぶら下がったのである。手を放すと眼の下に黒々とひろがるニヒリズムの深い闇に真っ逆さまに呑み込まれそうだったから……。

自ら語っているように、椎名麟三のドストエフスキー体験には、私たちが通常、読書によって直接、間接に体験する愉しみやあそびといった要素は思い切って省略されており、ドストエフスキーとその作品に、がぶりと四つに組んでの椎名麟三流の真剣勝負の自問自答なのである。

読んでいて、すこし息苦しいし、随いていくうちに迷子になりそうなところもある。加えて、関心、興味のピンポイントが、固有の感性で主知的に、大胆に敷衍されて詳述されるので、椎名麟三にとっては自明のことであっても、何十年という時間差で読む側は、ときにつまずき、飛躍しなければ進めないところ無きにしもあらずである。しかし、着地はさすがというべきか、その慧眼におどろかされる。

何かを体験したとき、ひとはだれでも、腹の底のものが思わず口を吐いて出ることがある。そんな時は、いかな表現の巧者も、その言葉は実に凡庸になる。修辞する必要がないからである。椎名麟三も、もちろんその例外ではない。

＊

『私のドストエフスキー体験』を追体験していて、わからなくなったり、迷ったりした時に、大きな助けになったのが、山城むつみ氏の『ドストエフスキー』である。五〇〇ページを超える大著であるが、どこを読んでも面白いうえに、「目から鱗が落ちる」体験しきりであった。

*

外国語に通暁した人たちを除けば、私たちは、外国文学を翻訳で読むことになるのだが、この時に、どんな翻訳を手にするかによって、私たちの読書体験は微妙にニュアンスを異にする場合がある。外国文学を翻訳で読むということは、そういう側面が避けがたいということでもある。

椎名麟三は、ドストエフスキーの作品は、すべて米川正夫訳で読んだといっているので、ドストエフスキーの作品中の人名（固有名詞）の表記も米川正夫訳に拠ったと思われる。例えば、たいていイワンと表記されるのをイヴァンと表記している。ちなみに岩波書店刊の米川正夫訳ではイワンとなっている。その他にも翻訳者によってすこしずつ表記が異なるが、原語（ロシア語）の音声を日本語で表記することの困難さのあらわれであろう。

本稿では、原則的に椎名麟三の表記に添った。

（２０１６・５・１５）

テキスト　『私のドストエフスキー体験』　椎名麟三　教文館

〔参考文献〕

『悪霊』　ドストエフスキー　江川　卓訳　新潮文庫

『悪霊』　ドストエフスキー　米川正夫訳　岩波文庫

『悪霊』　ドストエフスキー　亀山郁夫訳　光文社古典新訳文庫

『悪霊別巻「スタヴローギンの告白」異稿』　亀山郁夫訳　同右

『カラマーゾフの兄弟』　ドストエフスキー　亀山郁夫訳　同右

『カラマーゾフの兄弟』　ドストエフスキー　米川正夫訳　岩波文庫

『ドストエフスキー』　山城むつみ著　講談社

『懲役人の告発』

――自由の彼方で

『懲役人の告発』は一九六九（昭和四十四）年八月に、新潮社から刊行された書き下ろし長編小説である。

構想されてから作品化されるまでに七、八年かかったといわれている。

一九六〇年代といえば、戦後の貧しさをようやく脱して所得倍増計画の掛け声の下、人々がよりいっそうの富と豊かさを求めて、高度成長経済へとひた走り始めた時期にあたる。

先ずあらすじを見てみよう。

この小説の主人公、二十四歳の田原長作は、大阪で運送店に勤めていた一年前、軽トラックの不注意な運転で十二歳の少女たつ枝を轢殺してしまう。

懲役四か月、三か月で仮釈放になり、運送店の退職金で補償金の一部を支払ったが、残りは月賦にして二十年はかかるという。

今は関西のS町の実家に戻って叔父長次が経営する播州製罐という町工場で働いてい

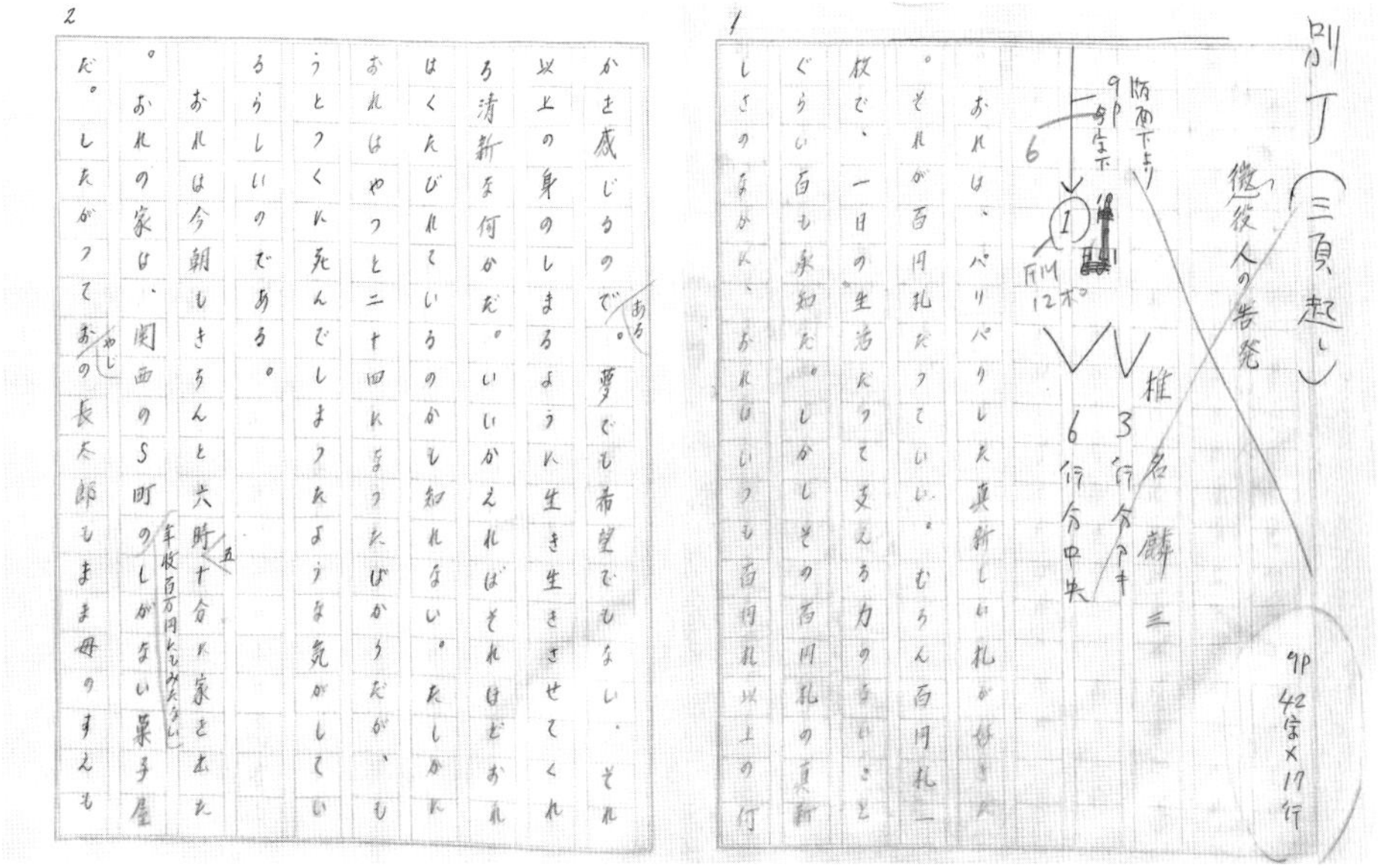

『懲役人の告発』自筆原稿（姫路文学館提供）

る。仮釈放中の前科者ということで駄菓子屋を営んでいる実家の二階の四畳半は与えられたが、父長太郎の後妻すえには口もきいてもらえず食事も作ってもらえない。もちろん洗濯などしてもらえるはずがない。おまけに夜中に便所に行くことも許されない。便所は一階の父と後妻の居室の横にあるため音がうるさいと使用を禁止されている。仕方がないので拾ってきた口の欠けた陶器の花瓶で代用している。

給料の半分は父に渡し、残りは補償金の支払いと外食代に消えてしまうので、必要な運動靴一足買うこともままならない。

日々の営みのほとんどは、長作の意思を無視したところでいつの間にか決められており、受験勉強中の弟にも文句を言われうるさがられて、家族のなかでさえどこにも居場所がない長作の日常は、命じられ与えられたメニューをただ黙々とこなすだけである。

言いようのない疎外感を抱いたまま、いつも誰かに監視され拘束されていて、抗うことも逃げ出すこともできない。

このような己の生き方、在りようについて長作は考える。

「おれの見出さなければならないのは、おれのしっかり立てる根拠であるはずだ」

「死んだように生きる生き方もあるかもしれない」

「死んだように生きるためには、やはりはっきりしたそのように生きていける根拠をもっていなければならない。全く懲役人のような暮らしは死んだような生き方であるはずがない」

「このおれを生き生きと生かしてくれるもの、このおれにとって失うことのできないもの、それを見つけなければ駄目なのだ。しかし、おれにはそれがない。おれはすべてのものから、機械からさえうとんじられているだけなのだ」

どうにもならない存在の空無を抱えながらも、なお生きつづけている自分をとらえて、長作は、ただ生きているだけの希望のない日々を自嘲する。

「おれは、飯と墓場しかないおれの存在の矛盾に、許しがたいほどのおかしさを感じる……」

「飯と墓場しかないおれの存在の矛盾」……、生きる意味も方向もつかめないが、死がやってくるまで生きつづけるしかない自分という存在……。


このことを、長作が身に沁みて自覚するとき、具体的な表象として現れるのが、叔父長次の工場へ通勤する途中にある墓場で、ときたま出合う「首のない黒い犬」である。


この首のない黒い犬について、長作はいう。

「見えんもんがいる。その見えんもんが見えたとき、その人間はあかんようになってしまうんや」

「身体のなかまで入ってくるさかいや。するとその人間は、逆に首のない黒い犬のようになってしまう」

「首があらへんやろ。どこへいったらええのか、わからへん。そやからキリキリ舞いして、風に吹きとばされる紙屑のようにとんで行くだけや」


「死んだように生きる」と決めてはいても、「首のない犬」に出合ったとき、身体のなかまで入ってこられて、無意味な暴走をされて自分が死んでしまってはたまらない。死にたくなんかない。

そうされないためにには、「生きていける根拠」をもっていなければならない。

そんな長作の「生きていける根拠」の一つの答えのようにして、福子が出現する。

福子は、父、長太郎の後妻すえの連れ子で、戸籍上は長太郎の子であるが、子どものいない叔父長次夫婦が養女として育てている。

十二歳の中学生なのに、素っ裸で眠り、気持ちのおもむくままに自由奔放、興味や関心のある人間に対しては、幼児のように噛みついたり、ツバを吐きかけたり、放尿したりする。どんなことをしても長次夫婦や周囲は許して受け入れ可愛がっている。

まったく自由に自在に、勝手気ままに生きていて、まるで天使のようだったり、悪魔のようだったりする。

長作は、このような福子の気分の為すがまま、唾を吐きかけられ、噛みつかれ、叩かれたりして、いたぶられることによって、日々、生きている自分を確認している。

そして、自分が誤って轢き殺してしまった同じ十二歳の少女たつ枝に重ねるようにして、福子を愛していることに気づき、その思いを深くしていく。

こうした福子の存在によって、長作は、ようやく「生きていける根拠」らしいものを見い出す。

成長するにつれてどんどん美しくなっていく福子を見て、長太郎と実母の後妻すえは、長次夫婦に福子を返してくれるように頼むが、長次夫婦は承知しない。何としても取り返したい長太郎は、奇襲作戦で福子を学校から連れ出し、旅館に連れ込んで凌辱して傷を負わせてしまう。

後妻の連れ子とはいえ戸籍上は自分の娘であり、まだ中学生の福子を犯してしまった父長太郎に激怒し、「悪魔、気ちがい」と罵る長作に向かって、長太郎はうっとりと囁く。

「わしは福子さんを深く深く愛したんや。わしは眩しい光のなかにいた。ほんまにわしは幸福やった。福子さんは、ひょっとしたら神様かもしれへんと思うたくらいや。ほんま、福子さんは神様みたいに自由やったんやで」

そして、「人生万歳！人類万歳！福子さん万歳！」と、広告の裏紙になぐり書きして入水自殺してしまう。

長次の妻に命令されたとはいえ、長太郎の略奪から福子を守るために車で学校まで送った日のことを思いながら、長作は力なく呟く……。

「たとえ一日だけであっても、おれには、福子が永遠の少女でもあるかのように見えていた……」

それなのに、実の父長太郎によって、長作の「生きていける根拠」は、またもや蹂躙されてしまったのである。

一方、兄の長太郎に頼まれて福子を養育している長作の叔父長次は、同じ兄弟なのに、長太郎とは何かにつけ差別されて育ち、高学歴で県庁の課長になった長太郎とはちがい、小学校を終えるとすぐ丁稚奉公に出されて働いた。

戦地からの復員後は、無一物、徒手空拳、死に物狂いで働いてやっと播州製罐という町工場の経営者になった。金回りが良くなると派手な女遊びもしたりしたが、兄長太郎に対してはずっと鬱屈した感情を抱いている。

今は経営に行き詰まり、手形が不渡りになりそうで、切羽詰まって金策にかけまわるが、失敗して絶体絶命、拠って立つ唯一の場所を失いかけている。

そんな折も折、長太郎による福子の拉致凌辱事件が起こり、長次は、すべてを一気に清算しようと決意する。

車に福子と長作を乗せ、長次は生まれ故郷のかつての実家へとひた走る。

兄と差別されて育ち、小学校を終えるとすぐ丁稚に出されて追放され、まだ幼かった自分の居場所を奪った家……。

それを女を囲うために密かに買い戻して、自分を虐待した怨念の大黒柱一本だけを残して新築同様に改築し、兵隊時代に虐められた伍長で、右脚半分を手榴弾で失った前科者の老人、清造を管理人に雇っている。清造は、斜頸で知恵遅れの弘志という幼い孫と一緒に暮らしている……

その秘密の家で、清造の心尽くしの手料理で一夜の宴をした後、ウイスキーをしこたま飲んで酔いつぶれ、眠っている福子を、空気銃で射殺する。

なぜ、福子を殺したのかとなじる長作に、日頃、傲慢な長次が、間の悪そうな笑顔で答える。

「なんでというのはおしまいの答えなんやで、人間のな。つまりおしまいなんやな、福子もとうとう。かわいがっとったんやけどな。あれが自由というもんの限界や」

「兄貴の水死体があがったという電話がなかったらなあ、おれもこんなふうにはならなかったかも知れへんな」

「富山の落札に失敗してな、会社はにっちもさっちも行かへんようになってる」

「おれは警察へ自首して出る。福子の始末はお前がするんやな」

長作にこう言い残して、長次は出ていく。

福子の葬式にはだれも来なかった。

管理人の清造は隠亡を呼びに行って留守、長作はたった独りで福子の棺を古いリヤカーに載せ、葬式を引き受けてくれた和尚に導かれて、石ころの農道を焼き場に向かう。

野辺送りに連なっているのは斜頸で知恵遅れの幼児、弘志だけである。

石ころ道でリヤカーに載せた棺が揺れる度に、長作は、焼かれるだけの死体だと分かっているのに、棺のなかの福子が傷つかないかと心配になる。痛々しくて堪らないのである。

錯綜する思いのなかで、長作は感じていた。

「福子の死によって自分の生活や生き方がどう変わるかは分からない。だが、変わることだけは決定的だ……」と。

野辺を行く和尚の読経の合間に、弘志の上げる間延びした甲高い声が響く。

「ソーレン、カーン」

「ソーレン、カーン」　（注ソーレンとは葬式のこと）

焼き場は目前である。

しかし、長作は、重く曇った空が、立ち枯れして死んだ真っ黒な木々の何百本という槍のようにとがった梢に、鋭く突き刺されているのだけを見ていた……。

＊

この小説が刊行されたのは前述したように、一九六九（昭和四十四）年の夏であるが、その折に、野間宏との対談で、この作品について次のように語っている。

——七、八年前から書くように言われていた。ぼくもちょっと大げさだけど、現代文学に対する欲求不満みたいなものを満たしたい、満たさなきゃならないという義務感みたいなものがあった。とにかく、今やらなきゃ駄目だと……。

——なぜこういう小説を書かなければならなかったかという必然性は、ぼくは現代に対してちょっと腹を立てていて、根本的な生き方の問題を書いてみたいと考えた……。

——ぼくの作家としての一生は、結局、自由の問題で終わっちゃうような気がする……。

「現代小説に対する欲求不満」とは、椎名麟三によると、「つきつめて考えないで書きやすいところだけを書いて、浅いところでうまくまとめている」というところにあり、「現代社会に対して腹を立てている」とは、「現在は物質が支配して、人間性を奪ってしまっている。それに対して戦わなければならないので、それを根本から問い直してみたい」ということであるらしい。

以上に見るように、当時の社会状況や文学に対して、かなり挑戦的ともいえる執筆動機が述べられているにもかかわらず、この小説には、時代の空気、あの一九六〇年代に特有のにおいが希薄である。

人はみな時代の子である。

どの様なカタチであろうと社会の仕組みのなかに組み込まれ、どのように生きようとも、時代の波に洗われながら、時代の風に吹かれながら生きるのである。

ましてや、時代を凝視し、時代を表現する作家の眼は常に大きく見開かれ、耳は鋭くそばだてられていたことであろう。

「現代文学に対する欲求不満」と、「現代に対して腹を立てている」ということが、いわばこの作品を書く契機になったとも述べているのだから……。

繰り返すが、にもかかわらず、この作品に時代の空気が希薄なのはなぜだろうか。

試しにこの作品を、同じ書き下ろしの小説『赤い孤独者』が刊行された一九五一年に置き代えてみたらどうだろう。

ぴったりとは言わないまでも、居心地はそう悪くないように思われる。

それは、この小説で問うているものが、かつて『赤い孤独者』で問われたものと、あまり隔たっていないからではないだろうか。

この小説を書いてから四年後に、椎名麟三はなくなるのであるが、この期に至るまで問いつづけずにはいられなかった、椎名麟三のかくも長き執着とは何であったのだろう。

「ぼくの作家としての一生は、結局、自由の問題で終わっちゃうような気がする……」

野間宏との対談で、いみじくも述懐しているように、「自由の問題」、これこそが、それまでも、そしてこの作品でも問われている真のテーマなのである。

先に述べた要約からも分かるように、描かれているのは、目の前の現実に適応しかねて疎外感を抱き、苦悩しながらも現実と真摯に向き合い格闘する名も無きひとびとなのであるが、先に述べたように、そこには、私たちが日常を生きていて皮膚が捉える実感としての現実味が希薄である。

それは、ここで描かれているものが、現実の社会を借景し、点景にしてはいるが、実は、椎名麟三自身の思念のなかで展開するいわば観念のパノラマであり、それが、ヴァーチャル化されたものだからである。

その一つの証左のようにして、試行されているのが、文体と表現の意図的な変換である。例えば、主人公長作が「死んだ」ようになって、他者を認識するときの表現——生きているが、死んでいる。つまり物体化しているということで、他者も物体としてしか認識されないという当然の帰結によって、肉体も、情動も、すべて物質化された表現になっている。

二、三例示してみよう——

——血のかたまりを双方にはめ込んだ顔……

——人々の頭を超えたその長い棒は、駅の外の闇に消えて行った……

——その長い身体は、ねりあげた小麦粉のようにぐにゃりと改札口の木枠に吸付けられて……

——両眼から水がしずかに流れていた……。両眼の水は、一層多量に流れて……

——プラットホームには、黒や白や色つきの棒が通勤客の真似をしてならんでいる……

また、長作が、「自分は意思を奪われた懲役人だ」と改めて強調するときに、「人間とモノ」の関係が変化する。

「モノ」が擬人化されて、意思をもち自己主張する。

――ひと月以上も洗濯してやらないので、もう白いといえないメリヤス（シャツ）は、おれの肌から離れたがっている。起き上がるとそいつは冷気をその間に忍び込ませやがった……

――機械どもは、今日が定休日だということを知っているのか、かたくなに自分自身のなかにとじこもっていた。人間どもを寄せつけない冷たい拒絶の雰囲気を漂わせ……

――おれの車のやつはその車をきらいやがった……

以上のような苦心の表現が、作家が意図したような効果を作品にもたらしているかと問われれば、それはまた別問題と正直に答えねばならないだろう。

椎名麟三の思考の結実である、いわば観念の所産としての、長作、長太郎、長次ではあるが、小説のなかでは、如何なるしがらみからも逃れられない絶対の血族、子、父、叔父という関係で描かれている。

しかし、視座をちょっと移動させれば、一人の人間の三つの相貌とも見ることができる。

人間に内在する存在の矛盾――多面性や両義性や重層性の発現として捉えることもできるからである。

*

椎名麟三は、この作品を、結局は「自由の問題」と述べ、福子については「一人象徴みたいに出している女の子」、「ぼくの中にもああいう女性に対する憧れみたいなもがある」と言っている。

この自ら造型した作中人物のことを、少女と言い、女性とも表現しているのは、作家椎名麟三のなかで、福子という存在はそういうふうに意識化されているということでもある。しかし、福子は十二歳の中学生に設定されている。

なぜ十二歳なのか。十二歳という年齢になにか含意があるのだろうか。

そういえば、主人公長作が誤って軽トラックで轢き殺してしまう少女たつ枝も十二歳である。さらにいえば、ドストエフスキーの『悪霊』で、スタヴローギンが、盗みの濡れ衣を着せたうえに凌辱して首つり自殺に追い込んでしまう下宿屋の娘マトリョーシャも十二歳だった。

福子が、十二歳という、いわばいたいけない少女でなければならない必然性はどこにあるのだろうか。

この作品のテーマをより鮮烈に効果的に印象づけるためであろうか。事象や事柄は、あるスケールから外れれば外れるほど強烈なものになるからである。

同じ頃に刊行された『私のドストエフスキー体験』のなかで、「ドストエフスキー作品中の女たち」の「両義性について」の章で、椎名麟三は、「女は男たちにとってわけのわからないものをもっている。それは心理においてだけではなく、その意識、とくに無意識の領域においてそうであるらしい。だから私自身も小説において女を描くときは、女を女として描くことはできない。女を人間として描くのである」と述べている。

それでは、この小説で、十二歳の福子はどのように描かれているか。

中学生なのに素っ裸で眠り、興味や関心のある人間には噛みついたり、ツバを吐きかけたり、頭の上に放尿したりする。不意に抱きついてキスしてきたりもする。

無邪気な童女のようだったり、成熟した女性のように蠱惑的だったりもする。

変幻自在で悪魔的、放恣きわまりない究極のわがまま娘のように見えるが、そのような自分の在りようを、まだ中学生なのにどこか冷めた眼でながめているふしも窺える。

何ものにも束縛されず、また束縛のしようもない、まったく自由に好き勝手に生きているように見える福子……

福子とは何者か?

天使のようでもあり、悪魔のようでもある。人間社会のしがらみから開放された自由でありのままの人間のようでもあり、状況に完全にとりこまれた無自覚な人間のようでもある。幼児のようでもあり、童女のようでもあり、そのままの少女でもある。熟女のようでもあり、性をとび超えた少年のようでもあり……。

状況や場面に応じて自在に反応する、このように複雑怪奇で重層する多面体である福子という存在が、十二歳の女子中学生として設定されているのである。

福子は、主人公長作にとって、どのような存在であったか。

先ず何よりも、長作にとって、福子は、福子自身であると同時に、長作が誤って事故で死なせてしまった同じ十二歳の少女「たつ枝」でもあった。

長作の眼の前で日々生きて動く福子は、つねに背後に「見えない死んでしまったたつ枝」を背負っており、二人は渾然一体となって長作の意識の深部に横たわる。

ゆえに、目の前の福子は、長作を自在にコントロールする。あたかも神のごとく、天使のごとく……、またあるときは、復讐する女神ネメシスのごとく、魔女のごとくに……

また、その存在自体が、愛であり、恋であり、罪であり、罰でもあり、生身の肉体をもつもろもろの「自由」でもあった。

そして何より、その名に寓意されるように、長作の生きていくエネルギーの唯一の源泉なのである。福子の存在のすべてが長作の生きがいなのである。

長太郎にとってはどうであったか。

福子を凌辱して入水自殺する長作の父長太郎は、人間として越えてはならない一線を越えたために自ら滅びるのだが、このことについて、椎名麟三は次のようにコメントする。

「人間として大切な一線を越えてしまったということは、福子を凌辱したことではなく、自由な福子をあまり神聖なものとしたこと、その過度が問題なのである」……と。

この言葉の意味するところをどう理解したらいいのだろうか。

ここで、私たちは思い出す……

椎名麟三が、ドストエフスキーの『悪霊』のなかで、何度読んでも、自分のまだ知らない「ほんとうの自由」の光が心の中にさっと射し込むのを感じるというあのスタヴローギンとキリーロフの対話の場面……

スタヴローギンの問いにキリーロフが応える——

「人間が不幸なのは、ただ自分の幸福なことを知らないからです。それだけのこと、断じてそれだけです。それを自覚した者は、すぐ幸福になる、一瞬のうちに。あの姑が死んで女の子がたったひとり取り残される。それもすべていいことです。人が餓死しても、女の子を辱めたり、けがしても、いいことです。子供の敵討ちに脳みそを叩き潰しても、それもやはりいいことです。

もしそれを悟ったら、小さな女の子など辱めたりなどしなくなるでしょう」

要約すれば次のようになる——

「人間はすべて許されている。しかし、そのことをほんとうに知った人間は、女の子を辱めたりなどしないだろう」

この小説『懲役人の告発』において、長太郎が福子にしでかした行為についての椎名麟三の見解は、スタヴローギンの問いに応えたキリーロフの言葉とよくシンクロしているように見える。

椎名麟三の別の小説『美しい女』で、もう少し具体的に見てみよう。

『美しい女』は、「労働者の生活に起こる絶対性」がテーマであるとして「この世界における絶対性への挑戦」ということにしぼって作品化したという小説である。

主人公である交通労働者木村末男が、自分を取り巻く三人の女性のそれぞれの生き方、なかでも妻克枝のその生き様をめぐって烈しく葛藤する物語である。

妻克枝が、自分の職場や時代（時世）に何の疑問も抱かず、それを当然として、常に肯定的に積極的に生きており、そう生きることが生きがいでもあり、夫末男がそのように生きていないのをなじったり、罵倒したりする。

そのような時、木村末男は呟く――

「よく適応しているというより、適応しすぎている」

「どんな善い意図であろうと、過度というものは、人間性を超えて悪魔の顔になる……」

つまり、「……しすぎる」という過剰さ、過度性は、克枝がすぐ口にする「死んでも……」「死ぬしかない」「死ぬ……」というような極端さに行き着く。

生きている状況を、「生きるか」「死ぬか」というような二者択一に局限化してしまうことになり、それは、自らの生を絶対化させることになるというのである。

だから、「……すぎる」ことは、人間性を超えて悪魔の顔になるというのである。

福子を凌辱して自殺した長太郎についても、「人間としての大切な一線を超えてしまったということは、福子を凌辱したことではなく、自由な福子をあまり神聖なものとしたこと、その過度性が問題なのである」として、人間が、「あまりに……しすぎる」と、人間でなくなってしまい、人間以外のおぞましいものになって、身を滅ぼすことになるというのである。

しかし、椎名麟三の述べるこのロジックを理解するのはそう容易なことではない。「人間としての大切な一線を超える」ということは、「中学生の福子を凌辱した」ことではなくて、「自由な福子をあまり神聖なものとしすぎた」ことであるという、この椎名麟三の見解は、にわかには理解しがたい。

誰でも、むしろその反対が納得しやすいのではないか。

つまり「福子を神聖視しすぎた」ことよりも「十二歳の中学生を辱めた」ことのほうが、人間としての大切な一線を超えているように思えるのではないか。

にもかかわらず、なぜ、椎名麟三はこのような不可解なことを述べるのだろう？

そんな面倒くさいことはどうでもよい。さっさと素通りすればよいではないか、という読み方もあるだろう。

しかし、少々面倒でもやはり、ここは椎名麟三の意味するところを何とか探ってみたい。

*

先に引用した『悪霊』のキリーロフの言葉の要約――

――人間はすべて許されている。しかしそのことをほんとうに知った人間は、女の子を辱めたりはしないだろう。

また、『美しい女』の木村末男の独白――

――どんな善い意図であろうと、過度というものは人間性を超えて悪魔の顔になる……

この二つの表現を繋ぐところに、長太郎の行為について述べる椎名麟三の真意を理解する鍵が隠されているのではないか。

つまり、少女を凌辱するなどということは、人間として許されない行為ではあるが、それを懺悔しつつ生きることはできる。しかし、「〜しすぎる」過度性は人間を人間ではなく悪魔に変えてしまうから、もはや人間として生きることはできない（滅びるしかない）ということなのだろう。

椎名麟三流に表現すれば、ここにこそ「ほんとうの自由」の光がほの見えるが、人間には手にすることができないということなのだろう。

＊

長次にとって、福子は、どんな存在だったか。

子どものいない長次夫婦にとって、福子は、突然出現した僥倖である。だから、福子がどんなに自由に自分勝手に振舞おうと、その存在をまるごと受容しながら養女として慈しみ育てる。

いわば長次にとって、福子の存在は、自分自身を生かすこと、すなわち自分が生きていることを自己確認する手立てでもあった。だから、福子の成長は、長次の夢であり、自由であり、生きがいであった。

そのような福子を、長太郎夫婦が返してくれと迫ったとき、峻拒するのは当然である。福子を手放すことは、長次自身の存在を譲り渡すのにも等しいからである。

長次にとってそのようにもかけがえのない福子が、積年の鬱屈の最たるものである兄の長太郎、それも長太郎の後妻の連れ子で、名分上は福子の父である長太郎に横取りされた挙句に凌辱されて傷を負う。

己の存在の限界を絶望的に自覚した長次は、福子を辱め傷つけた長太郎が入水自殺したのを見届けると、生きるも死ぬも一蓮托生とばかりに、怨念の実家を密かに改築した「福子(自由)のための隠れ家」で、最後の晩餐を終え、熟睡している福子を空気銃で射殺する。

長作に、後事を託し、自首すると言って車を駆って姿を消すが、自首などする気は毛頭なく、自らの生に自ら終止符を打つ決意をしている。

長作が、外食をする食堂で馴染みになった流しのヴァイオリン弾きで、クリスチャンではないと否定しながら教会のビラ配りを手伝ったりしている宇川が、ある時、長作に長次を評して言う——

——君んとこの社長は、生きている。生きすぎている。ただ少しばかり生きすぎている。この人生に対する敵愾心をぼくにぶつけていた。何か家で祝い事(筆者注福子が大人の女の体になったのを祝う行事)があったようだけど、そこで不愉快なことがあったんだな。ぼくも無理矢理飲まされた。社長さんもひどくあれていたな。そして人生を肯定しているやつも、否定しているやつも、自分を誤魔化しているんだとぼくに議論をふっかけるんだ。ぼくは、そうですね、おっしゃる通りですよ、と相槌を打っていた。ぼくのいいお得意さんだからお世辞をいっていたんじゃない。この社長さんも、つくづく不幸な人なんだと思ったからだよ。生きすぎている人はみんな不幸だけどね。しかし君は少し死にすぎている。

椎名麟三が、ここで宇川を介して述べていること——

「長次は、確かに生きている。ただ少しばかり生きすぎている。人生に対する敵愾心を人にぶつける。生きすぎている人間はみんな不幸である。長次もつくづく不幸な人間だ」

椎名麟三に言わせれば、長次は「生きすぎた」つまり「〜しすぎる」過剰性のために自滅したというのである。

兄の長太郎は「福子を愛しすぎ、神聖化しすぎて」自滅したのであるから、二人とも、「〜しすぎた」その過度のゆえに人間性を喪失して悪魔になった。

しかし、二人とも悪魔になった自分に堪えられずに、人間として自らの存在を抹殺したというのである。

ここに椎名麟三の人間存在に対する深い愛と理解が見られる。つまり、二人を椎名麟三のいう悪魔の顔のままでは生かすことなく、己が己を殺すという己自身の意志において、己を罰して己を解放させる、つまり自由にさせているからである。

主人公長作にとって、福子とは何であったか。

父長太郎、叔父長次に、その生き方を侮蔑され冷笑されながら、文字どおりの刑余者として、懲役人のように人任せで自由のない、己の存在の生きづらさを日々自覚しつつも、死なずに生きつづける長作は、福子の出現に期待して、密かに彼女を唯一の生きがいとしながらも、為す術を知らず、ただ為されるままにすべてを受容し愛している。その唯一無二の生きがいである福子を、父と叔父に突然奪われ、その父も叔父も自分勝手に滅んでしまう。

一人残された懲役人のままの長次は、結局、死んだ福子の遺体を独りで始末する破目になる。

そのような長作にとって、福子を恩寵と呼ぶならば、恩寵の遺骸を始末するということには如何なる寓意が込められているのだろうか。

ヴァイオリン弾きの宇野が、「死にすぎている」と評したこのような生き方で生きている長作は、福子の遺骸の重たさをさらに深く胸底に刻みつけながら、やはり「死にすぎた」

まま、昨日のように、今日のように、明日もまた、確かに生きていくのだろうか。

＊

ここで、この小説で見られる椎名麟三の信仰、宗教観についてちょっと触れてみよう。

先ず、主人公田原長作に言わせる——

「神様、おれを助けて下さい、とおれはいっていた。むろんおれには、神様なんかわからない。刑務所の教誨師は来るたびに祈れとおれにいった。小便をするときしか祈れないとおれが答えたら、彼は怒った。ふざけたのではない。実際そうだったからだ。他の場合はどうしてもおれ自身に嘘をついている気がするのだ。どうしてだかおれにはわからない」

街中で教会のビラ配りをしている流しのヴァイオリン弾きの宇川に言わせる——

「教会へ通ったことはあるよ。しかし、神様なんて、てんで信じられんのだなあ。このビラはな、手伝ってやっているだけだよ。ビラ配りをあんまり恥ずかしそうにしているんでな。実際神様って恥ずかしいもんな」

「意味のないことをしていると思っているんだろ。ぼく自身もそう思ってるよ。神様を信じないやつが、教会の伝道集会のビラを配っているんだからな。しかしこれでいいと思っているんだよ。ぼくにふさわしいことだしな。つまりぼくは、少しばかり人生を愛しているらしいんだな」

その宇川は、ビラ配りを途中でやめると、残りを無造作にゴミ箱に捨てた——

ここで、長作の言っていること、宇川の言っていることは、椎名麟三の他のいくつかの作品で、いつか、どこかで、だれかが、一度ならず言っていることでもある。

つまり、椎名麟三が、宗教や信仰、とくにキリスト教について語るときに、口を吐いて出てくるいわば、常套的表現といってもいいものなのである。

受洗して二十年近くになるクリスチャン椎名麟三の、信者としての偽らざる心境を、作中の人物を通して、このような表現を用いて発露させているのである。そうしたくなる、またそうしないではおられない椎名麟三の胸中や如何に?と忖度したくなる程度には眼にする表現なのである。

＊

椎名麟三は、一九五〇(昭和二十五)年十二月二十二日、クリスマス礼拝の日に、日本基督教団上原教会で、赤岩栄牧師から洗礼を受けてキリスト者となっている。三十九歳の時である。

その後、赤岩牧師とは袂を分かつことになるのだが、一九七三（昭和四十八）年三月二十八日、六十二歳で亡くなるまで、ずっとクリスチャンであり、葬儀は日本基督教団三鷹教会で執り行われている。

その椎名麟三が、『私の聖書物語』のなかの「クリスチャンであること」という一章で、次のように述べている。

――私は自分をさして「クリスチャンである」というとき、自分の言明のなかにまるで嘘でもついているようなやましさにいろどられた暗いもののしみ込んで来ることを避けることはできない。だから、私は、むしろ「自分はクリスチャンではない」という言明によってクリスチャンである自分を実感する方が、私の心の機制によりよくかなっている気がする。少なくとも嘘をついてはいないという気がすることは事実である。だが、それ以上に、私は、「自分がクリスチャンである」といいたくない理由をもっているのである。

その理由として、

――自分をクリスチャンである、と言っても嘘をついていることになるし、クリスチャンでない、と言っても嘘をついていることになる。つまり、マルゴト、私の全体をクリスチャンであるとすることはできない。そうしたとき、常にそうする自分とそうされる自分自身に分裂して、私のマルゴトもなくなり、私の全体でもなくなるからだ。これが無限に繰り返されて、いつまでたってもホントウにクリスチャンであるということができないのである。

――いっそのこと、こんな面倒くさいクリスチャンなんて廃業してしまった方がいいかもしれない。しかし、悪魔は逃げて行く先に手をひろげて待っている。どんな方へ逃げて行ったって駄目なのだ。

――嘘をつくことなしに、マルゴト「私はクリスチャンである」というためにはどうすればいいのだろう。

――答えは書くまい。「自分がそうであるのは、自分がそうでないというあり方に於いてしかあり得ない」という罠からのがれるのにはどうすればいいか。ヒントは、もちろんイエス・キリストにある。

以上に述べられている見解については、既に別のところで一応の考察をしているので、ここでは省略することにするが、まさに、このことこそが、作家椎名麟三のいう作家としての根源的なテーマ「自由の問題」であり、「ほんとうの自由」を模索し、探究する端緒なのである。

*

以上に見てきたように、田原長作、長太郎、長次の三者の前に、いわば恩寵のように出現した福子を、「ほんとうの自由」とまでは言えないまでも、「自由」と呼ぶならば、それを直接的な手段で手に入れようとして「～しすぎた」長太郎と長次は、人間としてのある閾を超えてしまったために、自らが渇望した自由を自らの手で失い、自らも滅びることになった。「死にすぎている」といわれるほどに「死んだように」しか生きていなかった自他ともに認める懲役人である主人公長作にとっては、自由とは、どんなカタチであれ、与えられるのを辛抱強くただ待つしかないもの、希求しながら生きるヨスガ、つまり、生きがいだったのであるが、突如、もっとも身近な存在、父と叔父によって理不尽に奪われてしまう。

だが、長作は生きていく、今日も、明日も……。

唯一、無二と思われた生きがいを奪われても、なぜ、生きていけるのだろう？

ここに、作家椎名麟三がこれまで自らの作品で問うてきたテーマが凝縮している――

――例えば……

・人間にとって、自由とは何か。

・人間は渇望し希求すれば、自由を手にすることができるのか。

・人間にとって、生きるとはどういうことなのか。

・人間はなぜ、「死んだように」も生きていけるのか。

・人間はなぜ、自ら滅びることを選択するのか

などなど――

こうして見てくると、この小説の重層する観念は、ヴァーチャル化、視覚化されたなかで、メタファのように解されてしだいに鮮明なイメージとなり、作中の借景や点景の一つ一つを意味づけてくる。

＊

口を開けたまま、いつまでも閉じようとしない二枚貝のように、自身の暗部を凝視しつづけずにはいられない存在の不全感……それは、思想や宗教や信仰などによって癒される類のものではなく、もっと根源的で生物学的な生命体としての不全感……

それが、意識下の深部に痼疾のように居座って、作家椎名麟三を晩年に至るまで執拗に刺激しつづけるという、避けがたい内発動機によって、やはりこの小説も書き下ろされたのではないかと思われる。

だから、作家椎名麟三が、この小説の執筆動機やテーマについてどのように語ろうと、それはあくまで作家椎名麟三としての立場上の発言である。真の動機は別にあると思わざるを得ない。例えば三島由紀夫のそれのように……

ゆえに、この小説には、本来的なものとしての、社会や思想や宗教や倫理観といったものが、作家椎名麟三が述べているのとはウラハラに希薄であるのは至極当然のことである。

何ものによっても癒されない、根源的な生への不全感として執拗にのたうつものを、自由に生きられないがために、より激烈に自由を希求せずにはいられない三人の人物、長作、長太郎、長次に託したのではなかろうか。

なかでも、主人公長作は、もっとも自由から遠いところ、はるかなる自由の彼方で生きる者、すなわち、仮釈放中の懲役人として造型されている。

しかし、懲役人は長作だけだろうか？ 長太郎や長次も、実は懲役人のようではないか……とも問いかけている。

いずれにしても、この小説の表題が『懲役人の告発』とは、なんとアグレッシブであることか。表題が示す「懲役人」とは、人間存在のどのような状態をいうのだろう。そして、そのように概念化された人間は、どこに向かい、誰に向かって何を告発しているというのか？

小説の最終章を見てみよう。

ここで暗示されているもの……

それは、しくみのなかで疎外され、為す術もなく周縁に追いやられた自覚存在。それこそが、個人としてよく存立しうるのではないかという、そのような実在論の定立にそうようにして、唯一の生きがいだった「福子という恩寵」は、他者によって凌辱され、殺害されて消滅し、その遺骸だけを手にして、懲役人のように死んだように生きていると自覚している主人公長作が、その視野の先にあるものが、たとえ、死に垂直に突き刺される、重く垂れこめた不安だけであろうとも、死なずに今日をのり越えて明日も生きていくであろう自分を予見する。

何があろうと生きていく、何を失おうと生きていけるのではないか、と自覚する。

もしかして、この小説は、長作のように「そのように受動的にしか生きられない生」を、「告発」という逆説的で烈しい表現を用いながら、慰撫しているのではないか。

否定の否定は肯定であるように……人間のどのような在りようも善しとする、人間存在への讃歌なのかもしれない。

（2017・3・31）

テキスト『懲役人の告発』　椎名麟三　新潮社

〔参考文献〕

『私のドストエフスキー体験』　椎名麟三　教文館

『私の聖書物語』　椎名麟三　中公文庫

『椎名麟三信仰著作集―⑪』　教文館

二つの不思議——「ほんとうの自由」とキリスト者

椎名麟三は一九六九（昭和四十四）年、五十八歳のときに書き下ろし長編小説『懲役人の告発』を刊行する。その折に、この作品をめぐって、野間宏と対談しているのだが、そのなかで、「ぼくの作家としての一生は、結局、自由の問題で終わっちゃうような気がする」と述べている。そして、この四年後に亡くなる。

私たちの存在は、私たち自身が生きた時代や場所、時間を抜きにしては語ることができない。加えて、その時代を共に生きた人たちだけが実感し、語ることができる多くのことがら、時代の匂いがある。

後からきた者たちは、共時を生きることはできないが、目の前に横たわる膨大な時間軸や空間軸から抽出される歴史的事実を知り、想像力を働かせることによってとりあえずヴァーチャルにそこに存在することはできる。有名であれ、無名であれ、一人の人間が生きたその在りように添うことは、遅れてきた者たちにとっては容易なことではない。

先ず、そこにある歴史的客観的事実としての個人の年譜をどのように受け止めるか、ということから問われる。受け止めるとは、単に知るということを超えて、そこにある事実にたいして、想像力（妄想力）や人間力をフル稼働しながら対象にアプローチするということでもある。

したがって、受け止め方はそれぞれであろうし、どのように受け止めようとも間違いではない。つまり、不正解はないのである。

人間が人間を語るとはそうしたものではなかろうか。

そして、多くの人たちが共鳴したり共感したりしたものが有力なものになり、有力者によって権威づけられたものが定説といわれるものになっていく。

ということで、ここでは、私自身が椎名麟三を体験していて、体験すればするほど不思議さがつのる二つのことについて、思うところをすこし述べてみたい。

（一）「ほんとうの自由」について

前述したように、椎名麟三は、「自分の作家としての一生は、結局、自由の問題で終わるような気がする」と述懐しているのだが、椎名麟三のいう「自由の問題」とはいったいどのようなものだったのだろう。

「自由」と聞いてその意味を理解しない人はおそらくいないだろう。だれでも直感できる。しかし、それを説明したり、解説したりして概念化するとなるとかなり煩瑣な作業になる。試しに『広辞苑』でも開いてみよう。

椎名麟三が、「自分の作家人生をかけたのでは……」と述懐するのもむべなるかなである。椎名麟三を体験していると、かなりの頻度で出会う表現がある。

「**ほんとうの自由**」という表現である。不思議な表現である。そのときどきで印象が微妙に変化するうえに、何度聞いても(読んでも)私にはよくわからない。聞けば聞くほど(読めば読むほど)まるで呪文のようにだんだん意味が希薄になっていく。そして、言葉だけが残声になって取り残される。とても不思議な言葉である。

ほんとうのところ、作家椎名麟三のなかで、この言葉は、どのように意味づけされ概念化されていたのだろうか。

ランダムにいくつか例示してみよう。

──「私のまだ知らない**ほんとうの自由**」──「マルクスが私へ**ほんとうの自由**を約束してく

れた」――「人間には**ほんとうの自由**はない」――「**ほんとうの自由**としての神の愛」――（人々は）服従や精進や、進んでは祈祷さえ冷笑するが、しかし、これらのもののなかに「真の自由が蔵されている」――「**ほんとうの自由**への徒労な模索」「**ほんとうの自由**としてのキリスト」――「イヴァン（カラマーゾフ）の劇詩のテーマは「**ほんとうの自由**」――「虚無は、虚無のなかにいる人間には知ることができない。それは**ほんとうの自由**の光のもとにおいて以外には知ることができない」――「（ドストエフスキーの）『悪霊』は**ほんとうの自由**のたしかな手ごたえを感じさせて……」――「人間の**ほんとうの自由**、それはあの何をしてもいい非凡人の自由なのだ」――「一年もたって、聖書を読んでいるときに、ショックとともに**ほんとうの自由**をみた」

以上、時系列を無視して、思いつくままにほんの一部分を引用してみたのだが、ここから作家椎名麟三のいう「**ほんとうの自由**」はどのように立ち上がってくるだろうか?

私たちが理屈抜きでなんとなく直感する「**ほんとうの自由**」と、作家椎名麟三がここで述べているような「**ほんとうの自由**」とを峻別するものは何であるのか?（もちろん文学的表現は除いてであるが……）

眼にした限りにおいて椎名麟三は、「**ほんとうの自由**」とは「これこれ……したものである」とはどこにも言っていない。すべて以上に例示したようなコンテクストで表現されている。まるで魔法の言葉のようにである。

それを随所でちぎっては投げかけ、ちぎっては投げかけしてくる。そして時には「あっ、また、ホントウがでてきたぞ」なぞとほくそ笑む。

「ホントウ」を投げかけられた私はその表現に当てられ、絡めとられて身動きできなくなってしまう。

私たちは、「**ほんとうの自由**」という表現（言葉）を眼にしたとき、たぶん、「**ほんとうの自由**」という文字面の意味だけを、イメージして直感するだろう。

しかし、椎名麟三はどうもそうではないらしいようなのである。

思索する人となって、「思いつく限りの**ほんとうの自由ではない自由**」について模索する。**ほんとうの自由ではない自由**を探究しつづけて、もはやこれまでと立ち止まったときに、前方に感じとるもの、それこそが、椎名麟三のいう「**ほんとうの自由**」というものではないのだろうか。

椎名麟三は、どこで、どのように、それを感じとったというのだろう。

そもそも、私たち生きている人間に、無条件の絶対的な自由などあろうはずがない。私たち人間の自由というものは、一定の前提条件の下でしか成り立たない限定されたものである。にもかかわらず、椎名麟三は、なぜ、「**ほんとうの自由**」についてこのようにしばしば語るのだろう。

椎名麟三が手にした、いわば椎名麟三独自の「**ほんとうの自由**」という概念は、しかし、どんなに言葉を尽くしても、彼自身も十全には表現しきれなかったのではないか。

だから、作家椎名麟三は、「**ほんとうの自由**」という表現を、まるごと一種の秘儀のようにして、魔術師のごとく見事な手さばきで披瀝しつづけたのではないだろうか? 椎名麟三独自の作家的韜晦の表現ではないかと思ったりもするのであるが、どうしても、胸に閊える。

最後の長編小説となった『懲役人の告発』を刊行した折に、自分の作家としての人生は結局、自由の問題で終わるような気がすると、野間宏との対談で語り、これでもし死んだら、梅崎春生みたいにもとへ戻ったと言われるのがいちばんシャクだとも述べている。

と、いうことは、椎名麟三自身が、自分はまた、もとへ戻っているのではないかと、内心、どこかで自覚していたということでもあろう。

椎名麟三のいう「もとに戻る」とはどういうことを意味するのか?

椎名麟三は、一九二六(大正十五)年六月、県立姫路中学三年生の時に家出する。俊才であった彼は村でたった一人旧制中学に合格していたのであるが、当時別居中だった父を大阪に訪ねて母から頼まれて家計費を貰おうとするが、愛人と同居している父に拒まれ、母からの頼まれごとを果たせずにそのまま家に帰らなかった。

以来、大阪の市井の片隅で、十四歳の椎名麟三は、果物屋の小僧、飲食店の出前持ち、見習いコックなどの職を転々としながら、非情な大都会の地を這う労働者となって独りで生きていく。

しかし、この間にも向学心は衰えることなく、書物に親しみ、専検(旧制専門学校入学資格試験)に合格する。

その後、一九二九(昭和四)年、六月、母みすの自殺を契機にして、宇治川電鉄(現、山陽電鉄)の乗務員となり労働運動に参加するうち、マルクス・レーニンの歴史的認識の方法、唯物史観にふれて共産主義に共鳴し、十九歳で日本共産党に入党する。

椎名麟三が宇治川電鉄の乗務員になり、当時、非合法であった労働運動に積極的に参加するようになると、「一刻も早く、社会組織に対する僕の反抗心を、理論的に組織し

宇治川電鉄乗務員時代の椎名麟三
（左手前　姫路文学館提供）

なければならなかった」ということで、死に物狂いでベーベルの『婦人論』やレーニンの『何をなすべきか』やブハーリンの『唯物史観』など、左翼の文献に専心し、膨大なマルクスの『資本論』の第一巻も読み始めたが、さっぱり理解できずに最初の二、三十頁までを判るあてもなく何週間も、気ちがいになるのではないかと思われるほど繰り返し読み、判っても判らなくても読むだけ読もうと読みつづけて共産党員として検挙されたときは第三巻まで読んでいたと述懐している。

椎名麟三が日本共産党に入党したのは、一九三一（昭和六）年七月、十九歳の時である。その一か月後の日本共産党一斉検挙で東京へ逃れ、実家に立ち寄ったところを検挙されて神戸へ護送される。

治安維持法違反で起訴され、懲役四年の判決を受けるが控訴して、未決囚として拘置されるが、翌年、転向上申書を書き、懲役三年執行猶予五年の判決を受けて出所している。

未決で転向するのだが、そのことについては、その後しばしば触れているように、偶然、差し入れされたニーチェの『この人を見よ』を読んだことが直接の動機だと述べている。

なぜニーチェなのだろう?

椎名麟三は、差し入れされた本はどんな本であれ、すべて貪るように読んだはずである。その中でなぜ、ニーチェなのか?

その理由として、

未決に収監されているときに、同志だけではなく、プロレタリア全体に対する、いわば根本的な人間愛に対する疑惑が生じ、そのような疑惑をもつことは階級に対する裏切りではないかと自分を見失い、失意の日々に、偶然差し入れられたニーチェの『この人を見よ』を読んだことが失意の価値転換をもたらしたのだという。(「生きるための読書」)

「失意の価値転換」とはどういうことをいうのだろう?

具体的なカタチとしては転向上申書を書いて執行猶予で釈放されているのであるが……。

椎名麟三のいう「失意の価値転換」とは、例えば、人間とは何かと、その存在や生きる意味を問うたときに、人間を外側から見る、つまり、社会的、階級的な存在としての側面を重視した唯物論的価値観からの人間観を転換すること、つまり、人間の内面を見つめてその存在の意味を問うという哲学的思索に目が向いてきたということなのか。

つまり、椎名麟三の思考のベクトルが人間の外側から内側へと転換したということなのか。ベクトルの転換は、当然、それまでの自己を部分的にせよ否定することにもつながる。

椎名麟三は、ベクトルの転換によってどうなっただろうか？　自己を救済することができたか？　いや、そうではあるまい。反って混乱し、自分を見失ってニヒリズムの深い淵に沈んだのではなかろうか。

椎名麟三の転向について思いをめぐらせているうちに、椎名麟三と同じように、治安維持法違反で逮捕され、拘置中にあるいは獄中で転向した人たちが気になっていたところ、何のめぐり合わせか、とある書店で高橋貞樹の著書に出遭ったのである。

それは、沖浦和光氏校注の『被差別部落一千年史』という本である。

まだ仕事をしていた頃、仕事の関係で、被差別部落や部落解放運動について多くを学ぶ機会があった。そのときに、沖浦氏の著作も少し読んでいたので、沖浦氏校注というのが興味を惹き、思わず手にしたのだった。

ちらっと立ち読みして、著者高橋貞樹の文章が放つ圧倒的なエネルギーに眩暈(めまい)を覚えて即座に購入したのである。

この頃、一九二〇年代から三〇年代前半(大正末期から昭和初期)にかけて、労組運動、水平運動、労農運動など、日本の社会主義運動が本格的な成長期に入るのだが、当時、理論と実践の両面で際立った活動家であり、その中心的な理論誌『マルクス主義』の創刊号巻頭に、「日本帝国主義の発展」を書き、ついでローザ・ルクセンブルクの『資本蓄積論』を紹介し、「国家に関する一断片」につづけて「ドイツ社会主義の消長」を連載し、この時期に最も活躍した理論家の一人が二十歳を過ぎたばかりの高橋貞樹であった。

彼は、一九二六(大正十五)年から二年間、日本の革命組織を代表してモスクワに留学しコミンテルンで通訳として働く。

一九二八(昭和三)年三月十五日の運動指導者たちの一斉大量検挙の報を聞き、密かに帰国するが、翌年四月十六日に逮捕され、懲役十五年を求刑されて入獄する。

一九三五(昭和十)年秋、小菅刑務所在獄中に結核で死亡。三〇歳であった。

高橋貞樹は、獄中で転向しているが、最後に、次のような言葉を残して息をひきとった。

「今死ぬのは残念だ。同志諸君によろしく」

水平運動の先駆者でもあった高橋貞樹は全国に散在する特殊部落民の解放をねがって『特殊部落一千年史』を刊行する。

この本は一九二四（大正十三）年五月に発行されたが、すぐに発禁になり、同年十月に『特殊部落史』と改題されて随所に伏字と削除がある改訂版が出された。

その後、太平洋戦争敗戦直後に占領軍が旧特高警察から押収してアメリカに持ち帰ったが、戦後数十年経ってから、戦前の発禁本のうちの貴重な三冊のうちの一冊として国会図書館に返還された。

このなかで高橋貞樹は「歴史の研究方法、唯物史観」の一章をもうけて、次のように述べている。

――歴史は社会的生物たる人類の発達しきたった過程を系統的に研究し、これを支配する法則を発見しようとする科学である。歴史は多くの社会科学の中で、政治学とともに最も早く発達したものであるが、在来の歴史の主要な研究範囲は、政治現象に限られていた。歴史文書は多く王侯、貴族、戦争、権力者の生死等については詳細に記述している。けれどもその他の社会生活に関する部分、特に労働の寄与者たる被支配階級の歴史は全く欠けている。従って、従来の歴史は支配階級の歴史である。真の社会史は、この歴史に対して、奴隷の歴史が編まれたときに明らかになる。すなわち、奴隷の歴史は同時に征服者の真の歴史を明らかにするからである。近代に至って社会組織が諸種の伝統から解放され、科学が勃興してからは、歴史も、（中略）社会生活の本位を根本から解剖しようとする要求に従うようになった。

高橋貞樹自身の歴史研究の手引きはマルクスの唯物史観であり、唯物史観は、一切の歴史を進動せしめる因子についての深き思索の産物であるとして、人類の歴史的発達の真諦は、前進的弁証法的な生産力の発展および完成における階梯の連続であるとする。経済上の生産関係が社会の根底をなす下部構造であり、政治、法律、宗教はその上部構造であって、生産関係の変動に照応して政治その他の上部構造が変革されるとみる。唯物史観は、唯心史観に対立する歴史観であり、対立の形をとって、発展する社会工程を理解しようとする弁証法的研究方法であるという。

マルクスの『経済学批判』の序文にある「要領記」を引いて、次のように述べる。

——マルクスが多くの意を用いたのは、事物の起源ではなくてそのダイアレクチーク（発展および変化）、すなわち歴史の革命的要素であった。すなわち、感覚、思想、従って、意識の変化を齎し、もしくは種々なる社会制度および衝突を惹起する人間社会の原動力は先ず第一に、思想、概念、一般理性、もしくは精神から起こるのではなくて、物質的生活関係から発するものである。しかして、すべての物質的生活の範疇のうちに最も重要なる生産を決定するところの、生産力のうちで最高位に属するものは労働者である。

人間は生産関係を作り、生産力の精神上に及ぼす反映から、一定の社会的、政治的、および法律的制度、またさらに宗教倫理、および哲学の体系を創造する。

――マルクスはエンゲルスとの共著なる『共産党宣言』のうちに流麗端的な叙述をなしている。

在来一切の社会の歴史は、階級闘争の歴史である。自由民と奴隷、貴族と平民、領主と農奴、ギルドの親方と雇われ職人、一言にすれば圧伏者と被圧伏者とが古来常に相対立して、あるいは公然のあるいは隠然の闘争を継続していた。

そしてその闘争はいつでも、社会全体の革命的改造に終わるか、あるいは交戦せる両階級の共倒れに、終わるのであった。

――そして現代においては、二大階級、ブルジョアジーとプロレタリアとが相対立し、階級闘争の最後の形態をなしている。資本制度が発達させた生産力はもはやブルジョアジーの制御すべからざるものとなる。資本主義経済制度は、人類有史前期の最終の階梯であって、生産力を発達せしめ、人間をして物質的桎梏の奴隷たることから解放し、精神的文化本来の歴史に入らしむべき任務をもっている。

――唯物史観は、歴史研究の極めて有効なる方法である。それはあらゆる自然科学とともに、非唯心非倫理的であって、唯物論はキリスト教に対する勝利以来の戦闘の哲学である。

このように高らかに声を上げて運動に邁進したのである。

若年とはいえ、当時、このような理論家であり活動家であった高橋貞樹をもしかして、椎名麟三は知っていた可能性はないだろうか。

前述したようにものすごい勉強家であるうえに、マルクス、エンゲルスの『共産党宣言』を読んでいたとも述べているのだから……。

高橋貞樹が牽引していた当時の機関紙『マルクス主義』を読んでいたかもしれない。

一九二〇年代後半～三〇年代前半（大正末期～昭和初期）にかけて、直接の動機や理由はどうであれ、同じ時代を同じような年齢で同じ方向を向いて生きていた椎名麟三と高橋貞樹……。

二人が共に転向したのはなぜなのだろう。

高橋貞樹にいたっては、結核の末期で余命いくばくもないと自覚していただろうに……。なぜ、転向者という、いわば汚名を敢えて被ったのだろうか。

椎名麟三自身は随所でその理由を述べているから、その通りではあろうが、先にも述べたように真因は別にあるように思えてしまうのはどうしたことだろう。

椎名麟三と高橋貞樹の転向には共通した理由があるように思えてしまうのであるが、今ここでそれに言及する余裕はないので別の機会に譲る。

転向者として執行猶予付きで釈放されたその後について椎名麟三は、「ドストエフスキーとの出会い」のなかで、次のように述べている。

――この世の中には、「**ほんとうの自由**」というようなものはないんだというような虚無的な状態におちいってしまいました。

――マッチ工場の雑役をしたり、上京したりしましたが、一つの職場に落ち着くことはできない。特高（特別高等警察）の刑事につきまとわれているんですから、すぐ私の前科がばれてしまう。

――そういうなかで、ニーチェをはじめとする実存哲学者の本を読みつづけていました。あのむつかしいハイデッガーまで懸命に読んでいるんですが、それというのも、自分の精神状態がかんばしくなかったからであります。どうしてもそこから自分を救い出したいとあせっていたんですね。しかし「**ほんとうの自由**」となると、それらの哲学は私を納得させてくれませんでした。

――それからやっとドストエフスキーを本屋で見つけてきて読んだのでありますが、非常に強いショックを受けたのであります。それは『悪霊』という作品でしたが、自分の魂がふるえるといった感じがしたものであります。その作品の背後から射してくる光のなかに、私の求めてきた「**ほんとうの自由**」のたしかな手ごたえを感じたといっていいでありましょう。

同時に私は、その作品によって文学への目をひらかされたのであります。つまり彼の作品から、「この人生はたとえ意味がなくったって、助けてくれと叫ぶことはできるだろう、それが文学なんだ」ということを学んだようであります。当然「おれだって人生に失望して、どう生きて行っていいかわからなくなっているけれど、しかし助けてくれといったって別にかまわないんだな」と、そう思ったわけであります。（「生きる意味」）

そして、次のようにつづける……

――当時の私は、ドストエフスキーの作品を鑑賞家、つまり読んで楽しもうとか、批評やあるいは研究するために読むとかいうふうな読み方はしなかったのであります。哲学の本を読んできたと同じような仕方で、つまり救いを求める、自分を求める仕方で、自分の身にひきつけて読んでいる。

――あのドッグ・レースのように、うさぎを追っかけて走らされている犬のように、彼の作品を読まされたということは事実であります。たしかに彼の諸作品には、うさぎ、つまりあの新鮮な「**ほんとうの自由**」の影がいたるところからあらわれて、私を引きずっていったのであります。（「慰めがある」）

――彼の後期の全作品から感じられる「何となく**ほんとうの自由の光**」「ほんとうの救いの光」、しかしそれは「何となく」であって、この「何となく」はあらゆる理性的な判断を超えてということをあらわしていると思うのであります。

――しかし「**何となく**」**では困るので、私は作者であるドストエフスキー自身に立ち向かわざるを得ない。**「**どうしてですか**」とドストエフスキーにたずねると彼はこう答えるのです。「**それはイエス・キリストからの光だ。予は、あらゆる懐疑をつき抜けて神を信じているんだからな**」**というんですね。**

全く私は困りました。私は、少年時代から自分を唯物論的に教育した人間なので、神はもちろんキリストも信じられなかったからであります。

――そのころ私は、もう作家生活へはいっていたのでありますが、うなり声をあげているのはいいのですけれど、そのうなり声は、この人生において究極の解決はない、つまり「**ほんとうの自由**」はないせいで出てくるものですから、うなり声自身も意味のないものになってしまう。

何とか意味を見い出そうと努力しましたが結局は絶望で、毎晩、新宿でのんだくれているより仕方がなかったのであります。

——しかしその私に全然のぞみがなかったわけではなかったのであります。それは、ドストエフスキーのさし示してくれているイエス・キリストだったのであります。私は、ついにドストエフスキーを信頼して、キリストなんか信じられないままに、洗礼を受けたわけでありますいいかえれば、信じられないままに、自分の全存在をキリストに賭けたといっていいでありましょう。当然、私の洗礼は、親友のひとりを怒らせ、多くの人たちの嘲笑をあびました。

洗礼を受けたからって、すぐキリストを信じられたわけではなく、一年もたって、聖書を読んでいるときに、ショックとともに**「ほんとうの自由」**を見たのであります。(「聖書との出会い」)

生きる意味、つまり、自分を支える「背骨」を見失って絶望感にひしがれ、虚無に堕していた椎名麟三ではあるが、「死ぬべきだが、死ねないから生きている。死んだように生きている」と言いながら、現実の生活者としてはかなりたくましく生きている。

椎名麟三の内なる生命体が「生きよ、生きよ」とささやいたからである。

このような不安定な自己を凝視しつつ、本来の在るべき自画像を求めて、「助けてくれ！」と叫びながら、助けてくれるかもしれない存在を求めつづけたのである。

そして、ついに、あるとき、椎名麟三は叫ぶ……

「**ほんとうの自由**」を見た……と。

何時？　どこで？

（二）　キリスト者として

椎名麟三は、一九五〇（昭和二十五）年十二月二三日、クリスマス礼拝の日に、日本基督教団上原教会で赤岩栄牧師から洗礼を受けてキリスト者になっている。三十九歳のときである。

しかし、その後、赤岩栄牧師とは袂を分かつことになるのだが、その原因、つまり、教学上の行き違いについてはかなり強い語調で語っている。

その後、椎名麟三は上原教会を去り、他の教会に属するのであるが生涯、クリスチャンであった。

椎名麟三が洗礼を受けてクリスチャンになったとき、親しい作家仲間はみな驚き呆れいぶかった。なかでも、埴谷雄高の拒絶反応と批難のまなざしはつよかった。椎名麟三自身も自分の受洗は親友の一人をひどく怒らせ、多くの人々から嘲笑のまなざしを向けられたと述懐している。

椎名麟三のキリスト教入信は、このように、それまでの彼をよく知る人々にはかなりの違和感をもって受け止められた。

端的にいうならば、宗教はブルジョアジーがプロレタリアをたぶらかす手段であるとするマルクス主義の唯物論者であったはずの彼自らがキリスト者になったからである。

しかし、椎名麟三にとっては、クリスチャンになることは、前章で見てきたように、ある意味必然であった。

『私の聖書物語』
（姫路文学館提供）

後に、椎名麟三は『私の聖書物語』のなかの「クリスチャンであること」という一章で、次のように述べている。

――私は自分をさして「クリスチャンである」というとき、自分の言明のなかにまるで嘘でもついているようなやましさにいろどられた暗いもののしみ込んで来ることを避けることはできない。だから、私は、むしろ「自分はクリスチャンではない」という言明によってクリスチャンである自分を実感する方が、私の心の機制によりよくかなっている気がする。

少なくとも嘘をついてはいないという気がすることは事実である。だが、それ以上に、私は「自分がクリスチャンである」といいたくない理由をもっているのである。その理由として、

——自分をクリスチャンである、と言っても嘘をついていることになるし、クリスチャンでない、と言っても嘘をついていることになる。つまり、マルゴト、私の全体をクリスチャンであるとすることはできない。そうしたとき、常にそうする自分とそうされる自分自身に分裂して、私のマルゴトもなくなり、私の全体でもなくなるからだ。これが無限に繰り返されて、いつまでたってもホントウに（またホントウにが出て来たぞ）クリスチャンであるということができないのである。

——いっそのこと、こんな面倒くさいクリスチャンなんて廃業してしまった方がいいかもしれ

ない。しかし、悪魔は逃げて行く先に手をひろげて待っている。どんな方へ逃げて行ったって駄目なのだ。（中略）より根本的に、自分は人間であると言ったとき、実は人間でないもののように振舞っているのである。弱ったことになったと言っても駄目なのだ。

——嘘をつくことなしに、マルゴト「私はクリスチャンである」というためにはどうすればいいのだろう。

——答えは書くまい。「自分がそうであるのは、自分がそうではないというあり方に於いてしかあり得ない」という罠から逃れるのにはどうすればいいか。ヒントは、もちろんイエス・キリストにある。

以上からも見てとれるように「クリスチャン椎名麟三」は異色のクリスチャンであった。キリスト教にかぎらず、どのような宗教であろうとも、信者とは、その宗教をまっとうに信仰する人のことである。

信仰するとは、その神聖な対象である絶対者や神に帰依するということ。つまり、それを畏れて敬し、信じて愛し、それに己を傾けて疑わずに没我することであろう。

つまり、無我の境地になって恩寵をねがうということ。

そこでは、「私（自我）」は影を潜め、神聖な対象、信仰の対象に同化してひたすら祈りだけがあるのではなかろうか。

椎名麟三の場合はどうであったか。

先に引用した「クリスチャンであること」からの一部分を改めて見てみよう。

自分は洗礼を受けたれっきとしたクリスチャンである。しかし、クリスチャンであると言えば、クリスチャンでなくなる気がする。クリスチャンでないと言えばクリスチャンであるから嘘をつくことになる。このジレンマのなかに**自分**は常にいる。**自分**がマルゴト**自分**であり、分裂しないで統合された**自分**という存在であるためには**自分**は、この二つのあいだを無限に往還しなければならない。
（筆者注　原文では自分（私）ではなく「あなた」となっている部分もあるが、あなたの背後には常に私が貼りついているので、〈あなた〉は〈私〉と考えられる）

ここから見えてくるもの……

それは、祈り（没我）というよりも、むしろ、椎名麟三の自我、自意識である。

自分（私）という表現が頻出している。ここで見られる、このような「自分（我）」意識の過剰さは、つまるところ、椎名麟三自身の自我の肥大が露わになっているということでもあるだろう。

ここに、クリスチャンとしての椎名麟三の在りようの不思議、いわば、椎名麟三の心的機制の秘密が隠れているのではなかろうか。

作家は表現する人であるから、自我は鍛えられ肥大しているのはむしろ当然ともいえる。しかし、椎名麟三の場合は、固有の要因が、かなり強く作用しているのではないかと思われる。

自我の肥大化は、「私」を自問して観念化することから始まる。意識のなかの「私」を呼び出して、「私が」「私に」「私について」繰り返し問いかけ、観念化しているうちに、「私は私である」という自明性が揺らいでくる。

つまり、「私とはいったい？」と、「私というもの」、「自分というもの」がだんだん曖昧になってくる。

曖昧なままでは「私」の在立は難しい。　さらなる問いかけが繰り返されて、「私」は、さらに複雑になって深化する。

つまり、観念が観念を更新して、さらなる観念化が行なわれる。この過程で、観念のとりこになった「私」は狼狽し、混乱して収拾がつかなくなる時期を迎えることもある。

衆に抜きんでた俊秀であった椎名麟三の自我は、たぶん、このような過程を経ながら形成されて、堅固で確乎としたものになり、ちょっとやそっとでは動じることなく、常に烈しく主張するものとなったのではなかろうか。

このような、いわば観念の人である椎名麟三にとって、宗教や信仰は縁遠いものに思われがちである。

加えて、社会人となってすぐにマルクス主義を信奉し、唯物論者になっているのだから……。

宗教はどの宗教であれ、唯物論とは交わらないのが常である。人間のこころや魂の不思議や神秘に依拠するからである。

しかしながら、椎名麟三は、キリスト者となったのである。

人間はみな矛盾の存在である。

椎名麟三の場合は、その成育歴からみて、余人よりも宗教や信仰に親和性があったともいえるのではないだろうか。

以下、それについてすこし述べてみる。

前述したように、椎名麟三は、姫路中学三年生のとき、家計の援助を求めて大阪に別居する父を訪ねたが、拒否されて姫路へ戻れず、そのまま家出する。

このとき、十四歳の少年椎名麟三は、いわば、父から棄てられ、母と故郷に別れを告げたのである。

家父長制度の下で、不条理も矛盾も一切合切を包含して子の前に立ちはだかる絶対的な存在……父。

庇護され導かれるべき主柱であると同時に、子の自由をも抑圧もする存在……父。

対峙し、あらがい闘いながら、やがて乗り越えていくべき圧倒的な存在……父。

このような父なるものを失い、帰るべき場所としての故郷をも失って……。

どこにも居場所がなくなった椎名麟三は、見知らぬ大阪の地べたにうずくまり、寄る辺ない身を芯まで孤独に浸しながら、大都会の非情にまともに向き合いながら過ごすことになる。

日々の過酷をたった独りで捨て身になって生きていきながらも、椎名麟三は、向上心を失わずに専検（旧制専門学校入学資格試験）を受けて合格する。

もちろん、生来の俊秀だったからではあろうが、それだけではあるまい。果物屋の小僧や飲食店の出前持ち、見習いコックなどをしながら、不良少年の仲間だったりもしたと述懐しているような過酷な環境下にありながら……。

なぜこのように頑張れたのだろう？

たぶん、それは、自尊心が強く誇り高い少年が、不遇にあえぎながら、こころのうちに強くねがう在るべき自分、描かねばならない自画像のゆえにではなかっただろうか。

言葉を換えれば、それと気づくことなく、無意識裡に、自分を導いてくれる「父なるもの」を求めていたのではないか。

「実の父の不在」に代わる「父なる存在」……。

「自分にふさわしい父」、ロールモデルとしての擬似父、あるいは代理父を求めて、それに、「ふさわしい子ども」、「ふさわしい自分」になろうとしたのではないか。

このような「父」を求めて、「我（私）」を造型するための旅が始まる……

椎名麟三にとって旅とは生きるための本を読むことである。手あたりしだいに貪るように読んだ。

これぞと思う対象に出遭うたびに、あたかも父に対するごとく、学び、対峙し、あらがい、組んずほぐれつしたのであるが、椎名麟三が描く「自画像」は、ねがうようなカタチをなさない。

「父」は自分を生かす「ヨスガ」である。求めずにはいられない。あちらに求め、こちらに求め、行きつ戻りつ……

ついに、ドストエフスキーに行き着く。

ドストエフスキーに出会って、初めて、心が激しく震え、夢中で格闘しつづけているうちに、終に求めつづけていた「ほんとうの父」に出会うのである。

「ほんとうの父」……

椎名麟三の願う父なるものをすべて具備した完全なる父、それは、イエス・キリストであった。

しかし、観念の人椎名麟三には、にわかにそれが信じがたく、聖書を読んでは自問自答を繰り返した。

当然である。

唯物論者で弁証法的思弁に慣れていたと自認する椎名麟三にとって、宗教や信仰という、いわば唯心論の神秘的な聖典であるキリスト教の聖書とその福音を受け止めることはかなり難事であったのは当たり前である。

前述したように、随所でそのプロセスと胸中を述べているが、椎名麟三の表現によると、聖書を前に戦いつづけたということになる。

このような格闘を経ながら、他者から指弾され、嘲笑されながら、自身の来し方と相容れないキリスト者でありつづける。

そして、ある時翻然として「イエス・キリスト」に「**在るべきほんとうの父**」を実感するのである。

つまり、回心のその瞬間について、椎名麟三は、聖書のルカ伝の復活のくだりを読んでいる時としているが、それは事実であるかもしれないが、実は聖書であればどこでもよかった。いや、もっといえば、聖書でなくてもよかったとさえ言い得るのである。

なぜなら、そのとき「**自分にふさわしい父**」を探しつづけ待ちに待っていた「**ほんとうの父**」との邂逅の「**時が満ちた**」からである。

ゆえに、椎名麟三は告白する……

自分にとって、キリスト教とはイエス・キリストのことである……と。

椎名麟三は生涯、キリスト者であり、信仰の人であった。しかし、私たちが宗教といい、信仰といい、クリスチャンというときに思い浮かべるイメージとは、かなりニュアンスを異にしたクリスチャンであり、信仰の人であった。

『聖書物語』のなかで述べている――

――キリストは、一口で言えば、生々と生きよという言葉である。彼は、いろんな苦しみやなやみや不安や恐怖などで、貧乏くさくしか生きて行くことのできない私たちに、もっと生きることができるということを、もっとゆたかにもっと多様にたくさん生きることができるようにされているのだということを身をもって示している。いいかえるならば、キリストは、いろんな苦しみやなやみなどに人間性をうばわれて、貧弱にしか生きていけない私たちに、人間性をとりかえそうとしてやってきた方である。

――私は、自分の生き方に行きづまって、一番いやなものに近づくように聖書へ近づいた。最初、聖書は何回読んでみても始末におえないほど不合理なもののように見えて、信ずるなんて思いもよらなかった。

椎名麟三にとって、キリスト教とは、イエス・キリストという存在そのものであり、イエス・キリストこそが椎名麟三の根源的な生を支えるヨスガであった。

イエス・キリストは椎名麟三にとって、父（父性）そのものであり、どんなことがあろうと、そこから離れることはできない存在であった。

誰になんといわれようと、ああでもない、こうでもないと己を叱咤しながら、あるいは慰めながらイエス・キリストに体当たりしつづけたのである。

椎名麟三は、その成育歴からみて宗教や信仰に、余人よりも親和性があったのではないかと先に述べた。

それならば、先ず、身近な日常にある仏教になぜ目が向かなかったのかという疑問が生じる。

目を向けなかったのではない、向けている。

なかでも、浄土真宗の開祖親鸞についてはかなりの関心をもち、言及もしている。

関心はあったが仏教徒にはならなかった。

つらい現実を生きるために、人生の意味について考えるときに、助けを求めて行きつ戻りつするときに、宗教に近づくのは肯ける。しかし、結果として、椎名麟三にとっては、仏教は拠り所にはなり得なかったのである。

端的にいうならば、己の背骨を確立するために、この現実を何とか生き抜こうとして助けを求めている椎名麟三にとっては、仏教の教理や哲学はなじまなかった。

マックス・ウエーバーは「アジア的宗教の一般的性格」という論文のなかで次のように述べている。

（筆者注　引用は一部要約している）

――アジア世界の文化は限りなく多様な姿をみせている。近代西欧においてフランスが演じた同じ役割（社交家的な洗練さ）を、アジア全体に対してはシナが演じてきた。これに対し、生活上の利害を超越したアジアの思想は、その根源はほとんどがインドに求められる。

なによりもまず、全アジアにとって正統、異端の別なくインドの解脱宗教は、ほぼキリスト教の役割をはたしたとされている。しかし両者には重大な相違があった。西欧においてそうであったような唯一支配的な宗教になったものは、一つもなかった。アジアは原理的に、宗教の自由競争の土地であり、《寛容》な土地であった。

――政治的利害〔国家理性〕が問題になったときには、アジアでも最大規模の宗教的迫害が加えられた。強烈だったのはシナであったが、日本にも、インドのある部分にもあった。

ソクラテス時代のアテネで行われたように、迷信のために犠牲が要求されることは、アジアにおいてもつねに行なわれた。

——全般的にみて、あらゆる種類の儀礼、学派、教団、宗教が共存していた。

——同じ宗教が、さまざまな種類の救済財を与え、しかもその救済財を求める渇仰は社会層ごとに強さが異なっている。

——アジアのいっさいの哲学および救済論は、究極的に共通する前提がある。それは文字による知識にせよ、神秘的な霊知（グノーシス）であるにせよ、知識こそ、此岸においても彼岸においても最高の救済に達する唯一絶対の途だという前提である。しかしこの知識というのは、この世と人生の〈意味〉についての哲学的叡知なので、西欧流の経験科学の手段では代替できない。西欧流の経験科学はそのような叡知を求めるようにはなっていない。

——このアジア的思索が探究した叡知は、その本来の意味の性質からすれば不可避的に霊知（グノーシス）という性格を帯びているが、純粋にアジア的な、つまりインド流の、あらゆる救済論にとっては、これは最高の救いに到達する唯一の途であった。

——アジアの救済論は、至高の福祉を求める者をつねに現世の奥に潜む王国に導き入れる。この王国の至福はこの世のものではないのに、この世の生の只中でグノーシスによって喚起されうるはずのものであり、その直感は、合理的に形成されるものではなく、しかもその不形成性のゆえに神聖なものである。

この王国は、アジア的な神秘的直感が至高の形態をとったところでは《空（くう）》として体験される。

この世は空（くう）であり、この世の営みも空である。これらは神秘説の一般的な性格に照応しており、アジアにおいてのみ首尾一貫して展開された。

——日本で発展したマハヤナ主義の教えによれば、外的自然には西欧流の厳密な因果性が支配している。魂の運命においては業（カルマン）の倫理的な応報が支配している。この世における果かない存在の果かない行為が、その結果として、あの世における《永遠の》

賞、または罰をうけるということ。
そこから逃れる途は、霊知（グノーシス）の力を借りて、現世の奥の王国に逃避する以外にはない。

――正統であれ、異端であれ、印度教徒であれ、仏教徒であれ、教養のある者は自分の本当に関心を寄せる分野を、この世の出来事の全く外に見い出した。すなわち、魂の神秘的な、無時間的な救済を求める努力の内に、そしてまた実在の《輪廻》の無意味な機構から脱出しようとする努力の内にである。

マックス・ウエーバーによると、アジアの宗教は非常に多様であるが、どれもみなインドを根源とする解脱宗教である。正統であれ、異端であれ、教養のあるものは自分の関心をこの世のできごとではないものに求める。

霊知（グノーシス）の力を借りて魂の神秘的な無時間的な救済を求めて努力し、実在の《輪廻》の無意味な機構から脱出しようと努力するという教理であり哲学である。
つまり、東洋的な不思議な霊知の力によって、この世の煩悩から解き放たれ、至福の境地である涅槃（空）に到達するという解脱の宗教であるという。

そうであるならば、ここには、椎名麟三が求めつづけた「父性」の姿は見当たらない。キリスト者になったのは偶然ではない。

懊悩の果ての必然である。

ドストエフスキーに教えられキリスト教に近づいたという椎名麟三が、他のどこの教会でもなく上原教会の赤岩栄牧師から洗礼を受けたというのにも理由がある。

椎名麟三は多分、バルトの神学に導かれたのだろう。ルター、カルバン以来最大の思想家ともいわれているスイスの神学者バルトは、信仰の逆説性、神の絶対他者性、神の言の破壊と創造の両義性を強調する弁証法神学を主導した宗教社会主義運動の活動家であり、反ナチスのドイツ教会闘争の中心人物でもあったプロテスタントである。

しかし後に、まさにそのことで赤岩栄牧師と教学上の齟齬を来して袂を分かつことになる。

椎名麟三にとって、イエス・キリストは、「全知全能の神の子であり、聖霊と三位一体」の信仰の対象であるのは当然であるが、同時に、イエスは、生きている生身の人間であり、父性でもあった。

比喩的にいうならば、「父であるイエス、子である椎名麟三」というような、いわば骨肉の関係に似た圧倒的存在ともいえよう。
「神の子であると同時に人間である」という「絶対矛盾の存在」を受容して信じ、同時に、「有限でもあり、無限でもある」という人間存在の両義性を自覚しつつ、その生殺与奪を支配するものの在りように目を凝らしながら、「生」の根源に触れるとき、視界の先に見えてくるもの、それこそが、クリスチャン作家椎名麟三が希求しつづけた「**ほんとうの自由**」なのではあるまいか。

最晩年の長編小説『懲役人の告発』で、作家椎名麟三の観念をそれぞれ背負った登場人物たちが、つぎつぎに滅びていくなかで、独り生き残った椎名麟三の若い分身が、愛の恩寵を背負った少女の亡骸を愛おしみながら、前方に見る景色……
そこに見える、その風景こそが、作家椎名麟三が描いてクリスチャン椎名麟三が眼にした「**ほんとうの自由**」そのものの姿だったのではないだろうか。

（2019・3・31）

〔参考文献〕

『私の聖書物語』　椎名麟三　中公文庫
『懲役人の告発』　椎名麟三　新潮社
『私のドストエフスキー体験』　椎名麟三　教文館
『宗教社会論集』　ウエーバー（安藤英治訳）　河出書房
『教行信証』　親鸞（金子大栄校訂）　岩波書店
『歎異抄』　唯円（金子大栄校注）　岩波書店
『被差別部落一千年史』　高橋貞樹（沖浦和光校注）　岩波書店
『伝奇集（工匠集）』　ボルヘス（鼓　直訳）　岩波書店
『キリスト者の自由』　マルティン・ルター（石原謙訳）　岩波書店

椎名麟三年譜

※椎名麟三―自由の彼方で第十三号より一部転載

明治四四年（一九一一）

一〇月一日、姫路市書写東坂一三三〇番地の母方の実家（日方米松）の納屋で生まれる。本名大坪昇。父熊次、母みすの長男。父は飾磨郡夢前（ゆめさき）町塩田の小作人の長男で、このころ大阪へ出て警察官をしていた。生後三日目に母の鉄道自殺未遂事件があり、警察官に保護され、母子ともに父にひきとられる。父はその後警察官をやめ、鉱業会社の庶務課長へ。

大正七年（一九一八）七歳

四月、大阪市立中大江尋常小学校に入学。母に連れられて行った天王寺で、地獄変相図を見て死の恐怖を知る。

大正九年（一九二〇）九歳

三月二二日、弟実生まれる。このころ東区本町橋詰町に住む。一一月、父母「健康上の理由」で別居。母は昇、和子（三歳）実（九か月）の三人の子を連れて、実家の書写へ帰る。

一二月一日付で昇は、曽左尋常高等小学校三年生へ転校。母は一戸を構える（書写一四五三）、家の設計は母、父が金を出したと聞く。母は後藤静香の「希望」を愛読し希望社修養団の婦人部支部長になり当時の農村での新しいタイプの女性だった。

大正一一年（一九二二）一一歳

南となりに住んでいた八つ上の読書好きの青年福本熊一（雅号白字、佛画師）の影響で大杉栄・クロポトキンの名を知る。小学校の成績は全「上」で級長。大阪にいる父は、芸者上がりの女と同棲している。

大正一三年（一九二四）

三月二六日、曽左尋常高等小学校卒業。四月、県立姫路中学校（現、姫路西高等学校）へ村からただ一人合格する。

大正一五年・昭和元年（一九二六）一五歳

六月、父の約束不履行を解決するため父の住む家へ出かけるが相手にされず、そのまま家出。その後、果物屋の小僧、飲食店の出前持ち、見習いコック等の職を転々とする。その一方で、専門学校入学者資格検定試験（英語）に合格。ベーベルの『婦人論』を読んで社会主義の方向を決定づけられる。

昭和四年（一九二九）一八歳

六月、母が須磨の海へ投身自殺、その未遂を知りショック。この契機に六月二七日、宇治川電気電鉄部（現、山陽電鉄）へ入社。六か月間の見習いを経て本務乗務員となる。間もなく労働運動に参加。御用組合《睦会》の刷新を図り全協（日本労働組合全国協議会）の組織に入る。

昭和六年（一九三一）二〇歳

マルクス、レーニン、ブハーリンの書物を読み、機関誌《軌道》に「皆勤賞と残業の魔術」戯曲『円教寺炎上』等を書く。六月末、日本共産青年同盟員となり、七月中旬、日本共産党に入党。兵庫県地方委員会西部地区宇治電細胞のキャップとして活躍。八月二六日未明、関西を中心に日本共産党一斉検挙があったが、二五日夕方、大阪を経て東京へ逃亡。九月三日、父のいる東京目黒（目黒区上目黒一九〇八）に立ち寄ったところを検挙。そのまま神戸へ護送される。

昭和八年（一九三三）二二歳

四月一〇日、父母の協議離婚成立。六月、ニーチェを利用して転向上告書を書き、間もなく懲役三年執行猶予五年の判決を受けて刑務所を出所。生きる意味を失い、故郷へ帰ったとき、待ち受けていたのは母の死であって。（六月一五日水死と聞く）警察の世話で姫路のマッチ工場で雑役夫として働く。この間、下宿で縊死自殺をはかるも未遂に終わる。八月、東京、芝区（現、港区田町九丁目一四）にいた父をたよって上京。

昭和九年（一九三四）二三歳

父の経営していた運送店の配送夫ののち、銀座七丁目のレストラン《ニューパレス》のコック見習。特高の尾行続く。ここで祖谷寿美（明治四一年二月二日、横浜生まれ）と知り合い、港区南佐久間町二ノ八佐野米一方で同棲。一二月一日、「結婚契約書」を書く。

昭和一〇年（一九三五）二四歳

南佐久間町から麻布霞町へ、また本所区（現、墨田区）江東橋に移転。八月二四日、長男一裕生まれる。有機化学に情熱を傾け、発明特許も二つとっている。妻寿美は錦糸町駅前のおでんの屋台店を開いて生計をまかなう。

昭和一三年（一九三八）二七歳

一月三一日祖谷寿美と婚姻届を出す。四月、丸の内にあった新潟鉄工本社営業第三課に勤務。このころニーチェに導かれて、ドストエフスキーの『悪霊』に邂逅。決定的な衝撃を受け文学を志す。六月二九日『島長の家』を本名で脱稿。一二月一八日『焔の槍』、一二九日『少女と老音楽師』をそれぞれペンネーム「椎名麟三」で脱稿する。翌一月二七日『男の言葉』を脱稿し、さらに『悪魔と神』を「文芸首都」へ送る。

昭和一五年（一九四〇）二九歳

前年末ごろ筆耕仲間からの紹介で佐々木翠（のちの船山馨夫人）を知り、同人雑誌「創作」（昭和一五・六月「新創作」と改名）の同人と交わる。数種の小説作法入門書を読み、八月、正式に加盟が容認され本格的に打込む。同人に寒川光太郎・佐々木翠・船山馨・福島津有子らがいた。九月一五日『幸福』同月『霊水』一〇月一七日『家』

一二月『第壱号試堀井』を脱稿。精力的に執筆していく。

昭和一七年（一九四二）三一歳

二月『職業について』を「新創作」に発表。三月『不器用な男』を執筆。三月一五日『夜露』を脱稿し、四月「新創作」に発表。新潟鉄工が戦車を製造、そのため退職し文学に専心。四月一一日、長編『秋祭り』（のち『祈り』と改題）ノートを起筆、五月八日、再び起筆するも未完に終わる。六月二〇日、長女真美子生まれる。七月「新創作」同人制を解散、商業誌として出発。豊国社の社長高田俊郎の援助を受ける。一〇月『ドストエフスキーの作品構成についての瞥見』を「新創作」に発表。長編『胎動』を脱稿し、河出書房へ預けられたままで戦火で消失した。特高監視の中で習作に励む。

昭和一九年（一九四四）三三歳

四月『流れの上に』を「新創作」終刊号に発表。一〇月、第二回召集を受けたが、病気を装い兵役を拒否する。近所の友人清水義孝《よしたけ》（荒木守也）にキルケゴール選集を借り、はじめて系統的に読み影響を受ける。

昭和二〇年（一九四五）三四歳

三月一〇日、午前零時すぎ東京大空襲。船山馨と二人で本所の妻の実家へ歩いて行く。帰り道に死体をまたぎつつ改めて文学に専念する決意を確認し会う。八月一五日、終戦。玉音放送に特別の感慨もなかった。間もなく貸本屋兼出版社《創美社》（世田谷区千歳烏山町六四〇）を経営するが、翌年倒産。

昭和二二年（一九四七）三六歳

二月『深夜の酒宴』を「展望」に発表。作家としてデビュー。六月『重き流れのなかに』を「展望」に、七月『風と雨の日に』を「芸苑」に、八月『黄昏の回想』を「諷刺文学」に、九月『時はとまりぬ』を「展望」に、一〇月『季節外れの告白』を「文芸」にそれぞれ発表。

昭和二五年（一九五〇）三九歳

一月『自由』を「近代文学」、『文学的告白』を「文学界」に、三月『病院裏の人々』を「群像」に発表。四月、短編集『病院裏の人々』月曜書房刊。このころ思想的に行きづまり、毎日のように新宿西口のハモニカ横丁で飲み歩く。太宰治の次に自殺するのは椎名だろうと噂される。絶望の果てに、ドストエフスキーに賭けて一二月二三日、クリスマス礼拝の日に、日本基督教団上原教会（牧師・赤岩栄）で洗礼を受ける。

昭和二七年（一九五二）四一歳

二月「『異邦人』について」を「群像」に、四月『邂逅』を同じく「群像」（一〇月まで）に連載。七月『無邪気な人々』を「文学界」に発表。その後、映画化の話があるも断わる。しかし五所平之助の要望強く、次第に映画製作への関心を深める。一〇月二六日、新日本文学会支部総会にて、東京支部長に選ばれる。この年、小国英雄と共にシナリオ『煙突の見える場所』を仕上げる。この間、老朽化した自宅を改築す。一二月、講談社より『邂逅』刊。

昭和二八年（一九五三）四二歳

一月、座談会「戦後文学の総決算」（梅崎春生・野間宏・安部公房・本多秋五・平野謙・荒正人・佐々木基一と）「近代文学」に発表。二月『哀れな情熱』を「群像」に、四月初めての戯曲『家主の上京』を「指」に発表。五月、堀田善衛との往復書簡「現代をどう生きるか」を「群像」に、自分の過去を直接扱った『自由の彼方で』第一部を「新潮」に。九月、第二部を同誌に発表。八月、オリジナルシナリオ第一作『愛と死の谷間』を「キネマ旬報」に発表。九月『愛と死の谷間』撮影所見学。この年、日活映画『煙突の見える場所』がベルリン映画祭で国際平和賞を受賞。

昭和二九年（一九五四）四三歳

一月、角川書店『昭和文学全集椎名麟三・野間宏・梅崎春生集』刊行。二月『自由の彼方で』第三部（完結）を「新潮」に発表後、山陽電鉄に招かれて、二〇余年ぶりに旧交をあたためる。三月『自由の彼方で』講談社刊。四月、戯曲『終電車脱線す』を「指」に、六月『なにお描くか』を「岩波講座・文学8」に発表。八月二四日から九月初めまでシナリオ『鶴はふたたび鳴く』映画化のため、新潟県柏崎油田地帯を踏査。一一月、このシナリオが「キネマ旬報」に発表された。三〇日、同映画は新東宝から封切。一二月、青年座文学部に入部。旗上げ公演として『第三の証言』が上映さる。一二月一〇日、二八年ぶりに母の里を訪ねる。筆者との文通（七月）の果て初めて出逢う。

昭和三〇年（一九五五）四四歳

一月『愛の証言』を『新女苑』（一二月完結）に連載。二月『母の像』文学界に、『訴えたいことをどう描くか』を「岩波講座4・文学の創造と鑑賞」に発表。三月『神の道化師』を「文芸」に発表。四月、戯曲『自由の彼方で』を同人会（演出・

田中千禾夫）が上演。五月『美しい女』を「中央公論」（九月完結）に連載。百枚短期連載の新企画。第二回目執筆を兼ね再びふるさと入り、筆者らと会う。塩田温泉でも原稿進まず、帰京後ホテルで缶詰、八〇枚に終る。就職して間のもな筆者は週末に知新荘に逗留する椎名を訪ね、書写円教寺や姫路城案内。「指」月報原稿を郵便為替で郵送頼まれる。京都在住折目博子氏と密会。一〇月『運河』を「新潮」（三一年三月完結）に連載するなど旺盛な創作活動を展開。『神の道化師』新潮社刊。『美しい女』中央公論社刊。一一月、新書版『愛の証言』光文社刊。一二日、法政大学で開かれたキルケゴール没後百年記念講演会に「キルケゴールの立場」と題して講演。この月、埴谷雄高・武田泰淳・中村信一郎・梅崎春生・堀田善衛・野間宏と《あさって会》を結成。一二月、『母の像』を河出書房より刊行。

昭和三一年（一九五六）四五歳

一月『猫背の散歩』を「文芸」（一〇月完結）に連載。『恋愛論』を「婦人画報」（一二月完結）に連載。二月『作家故郷へ行く』神戸・明石・姫路から城崎へ、カメラマン林忠彦との取材が「小説新潮」五月号に。三月『美しい女』とこれまでの仕事に対して、昭和三〇年度芸術選奨文部大臣賞が贈られる。四月、新書版『その日まで』近代生活社刊。五月『運河』新潮社刊。九月『人生の背後に』角川書店刊。一二月戯曲『タンタロスの踊り』を『文芸』に発表。随筆集『愛と自由の肖像』を社会思想研究会出版部から、一二月『猫背の散歩』を河出書房からそれぞれ刊行。この年、過労から血圧一八〇となる。

昭和三二年（一九五七）四六歳

二月『私の聖書物語』を中央公論社より刊行。『明日なき日』を「婦人画報」（一〇月完結）に連載。三月中旬より四月初旬にかけて高血圧治療のため伊豆で静養する。五月、医師より執筆中止の忠告を受く。七月二四日、川原湯にて唯一の詩『石の道化師』を書く。八月『砂入りの手紙』を「別冊文芸春秋」に発表。一四日、川原温泉高山旅館で『蟻と幽霊』執筆中に心筋梗塞で倒れる。九月から一〇月、慶応大病院へ入院。自宅療養後、再び一一月から一二月中旬、東大病院へ入院。一一月講談社より『椎名麟三作品集』（全七巻）の刊行（三三年四月完結）一二月、連作推理小説集「新作の証言」を筑摩書房より刊行。

昭和三五年（一九六〇）四九歳

二月、戯曲『蠍を飼う女』を「新日本文学」に発表。『罠と毒』を「中央公論」（六月完結）に連載。三月三日、教文館遺愛室で佐古純一郎・安部光子・高見沢潤子らとプロテスタント文学集団"たねの会"結成。六月『不条理の壁』を「週刊読書人」に『菱の花』を「別冊文芸春秋」に、八月『付添いの女』を「群像」に発表。一〇月中央公論社より『罠と毒』を刊行一一月『夜の探索』を「新潮」に、一二月、戯曲『第三の証言』を「テアトロ」に発表する。

昭和三六年（一九六一）五〇歳

一月『長い谷間』（五月完結）を「群像」に連載。戯曲『天国への遠征』を「新劇」に発表。三月一日〜一四日『ユーモアの積極性』を「東京新聞」（夕）に、七月『半端者の反抗』を「新潮」に、一〇月、戯曲『夜の祭典』を「新潮」に発表。一一月一八日、第五次訪中文学者代表団として、堀田善衛・武田泰淳・中村光夫・木村菊男らと共に羽田空港を出発、広州・北京・洛陽・三門峡・西安・重慶・上海を回って一二月一四日帰国。英訳「愛の証言」（The Flowers are Fallen）がハイネン社より刊行。

昭和三七年（一九六二）五一歳

三月『媒酌人』を「文学界」に、四月『新しい人間〜中国紀行』を「文芸」に、五月『我等は死者と共に』を「群像」に発表。新潮社より『媒酌人』刊行。六月『キリスト教と文学』を「文学」に発表。二七日、ＴＢＳから『媒酌人』が、七月八日ＮＨＫ第二から『転落への挑戦』がそれぞれラジオドラマとして放送。同月、戯曲『われらの同居人たち』を「文芸」に、九月『幻想の果て』を「文学界」に、一〇月『私生児』を「文芸春秋」に発表。この年朝鮮語訳『永遠なる序章』が新丘文化社より刊行。

昭和三九年（一九六四）五三歳

三月『病気の弁』を「指」に発表。六月六日『姫山物語』が姫路市厚生会館で再演。七月二四日、テレビドラマ『約束』をＮＨＫテレビから放映。一一月、社会思想社より文庫版『生きる意味』を刊行。一二月、教文館より『信仰というもの』を刊行。

昭和四四年（一九六九）五八歳

六月、集英社より『日本文学全集78椎名麟三・梅崎春生』を刊行。七月『危険な存在』を「海」（創刊号）に、対談『転形期の文学と文学者』（武田泰淳と）を「展望」に発表。八月新潮社より書き下ろし長編『懲役人の告発』が刊行される。九月二三日、「『悪霊』の戯曲化に打込む」を「北国新聞」に、一〇月「ジャンジュネ『泥棒日記』」を「たね」に発表。一二月、河出書房新社より『カラー版日本文学全集36椎名麟三・梅崎春生・武田泰淳』を発刊。

昭和四五年（一九七〇）五九歳

一月『変装』を「新潮」に、『仮面の下に』を「群像」に発表。

三月、肝臓を悪くし、酒類を暫く断つ。五月、戯曲『荷物』を「三田文学」に発表。この年六月より冬樹社版『椎名麟三全集』(全二三巻別巻一、昭和五四年一〇月完結)の刊行が始まる。七月、中村真一郎とふるさと訪ね塩田温泉へ、八月、戯曲『悪霊』を「早稲田文学」に発表。一〇月初めより身体がむくみ暫く寝込む。一〇月、新潮社より『変装』刊行。一一月、冬樹社より『悪霊』が刊行された。この年、英訳『媒酌人他』(The go between other stories)

昭和四六年(一九七一)六〇歳

一月、新潮社より自選戯曲集『蠍を飼う女』を刊行。二月、学習研究社より『現代日本の文学38椎名麟三』を刊行。五月『私の人生処方』を「PHP」に発表。『新潮日本文学40椎名麟三』刊行。六月三日、東大病院にて執筆を禁止さる。七月『葬儀に参列して』(高橋和巳追悼)を「新潮」に、一一月『ある後ろめたさ』を「新潮」に発表。一月、六月、七月、九月と「展望」が行った座談会「わが時代・作家以前」・「『戦後派』前史1・2・3」に、中村真一郎・野間宏・埴谷雄高・武田泰淳らと出席。

昭和四七年(一九七二)六一歳

一月『初めて聖書を手にした時』を「福音手帳」に発表。三月一九日、教文館の「『現代キリスト教文学全集』一八巻」の編集会議(渋谷万葉会館)に遠藤周作と出席。四月「展望」の座談会「『戦後派』その文学的出発2」に出席。このころ二時間余りの発作。一五日、NHK第一ラジオより『永遠なる序章』放送。五月「遠藤周作『母なるもの』」を「たね」に発表。六月八日、夕食後三〇分、九日、二〇分、一〇日、一五分と発作が続いた。九月五日、精密検査のため東大病院へ入院し、翌一〇月七日退院。体重五四キログラムとなる。

昭和四八年(一九七三)六二歳

二月『病室の道化師』を「波」に発表。講談社より『現代の文学3埴谷雄高・椎名麟三』刊行。三月『一日の苦労は、その日一日だけで』を「ぴーいん」に発表。三月二七日、娘真美子を伊豆の別荘から呼び寄せる。二八日、午前三時五〇分、脳内出血のため自宅二階の書斎で逝去。二九日津谷、三〇日、日本基督教団三鷹教会にて葬儀(委員長・埴谷雄高)が行われる。本多秋五・堀田善衛・大江健三郎・船山馨・佐古純一郎らが弔辞を述べた。四月「『復活』にたどりつくまで」を「信徒の友」に、五月、絶筆「自由と希望」を「PHP」に発表。六月『西に東に』(未完)を「展望」に発表、一〇日、富士霊園で納骨式が行われる。七月～九月、「『懲役人の告発』ノート」を「波」に発表。一二月、集英社より『日本文学全集78椎名麟三・梅崎春生』が刊行。

昭和五二年（一九七七）没後四年

六月、教文館より『椎名麟三信仰著作集全一三巻』（昭和五七年一月完結）が刊行された。

昭和五五年（一九八〇）没後七年

八月二四日、故郷姫路市書写の山頂に文学碑が建立され除幕式が行われた。碑文は「言葉のいのちは愛である」（岡本太郎氏揮毫）その夜奥様、真美子氏らを知新荘へ案内する。

平成五年（一九九三）没後二〇年

「椎名麟三を語る会」発足。「自由の彼方で」創刊へ。（九六年七月）このころ女人堂改築され石段変わる。

平成八年（一九九六）没後二三年

一月七日、岡本太郎氏心不全で死亡（八四歳）。六月一三日朝日新聞連載「風景ゆめうつつ」ＮＯ７に、「女人堂」の家と母への思い熱し―椎名二八年の不在が掲載。当時ハイカラな建物は大正モダン様式だったと。

平成九年（一九九七）没後二四年

二月一九日、埴谷雄高脳梗塞で死亡（八七歳）。九月「椎名麟三展」文学館で開催。一二月二五日中村真一郎死亡（七九歳）

平成二一年（二〇〇九）没後三六年

二月、旧家保存について、三年余り改修や移築案も出たがその実現に及ばず、旧家の一画で地鎮祭を経て三月二九日、椎名麟三文学碑の除幕式・同時に旧居で「福本白宇展」を前記「地域夢プラン」実行委員会・椎名麟三を語る会で行う。第三六回邂逅忌が最終回になる。五月一〇日旧家で『菱の花』の朗読会。一二月一七日～二二日『第三の証言』が青年座で上演。平成二二年（二〇一〇）一月二九日～二月一日『天国への遠征』、三浦綾子作『塩狩峠』と同時公演、キリスト伝道劇団による。没後三七年二月、地元自治会による文学碑案内標識三か所に設置。「自由の彼方で」第十三号で椎名麟三文学碑の特集号を発刊。四月一一日「たね」の会50周年記念号発行。

（斉藤末弘編集を参照し加筆。田靡新）

終わりに

椎名麟三は私の父と一つ違いである。父は明治四十三年生まれだが椎名麟三は明治四十四年生まれであるからほぼ同年である。私は父とは縁薄く多くを語ることはできない。知っているのは、学齢前の六年間と中学校の三年間のほぼ十年ほどである。それは父が太平洋戦争に召集され従軍して障碍者になって復員してからの期間である。まだ三十歳過ぎでの過酷な戦争体験が生々しい記憶として体に刻印されている頃だったと思われる。

時たま父が仕事の合間にほっと一息ついて、たばこを一服しながら話しかけるのである。「なあ、妙子、お父ちゃんはなあ……」でいつも始まってほんの短い戦争体験のエピソードの断片がスポンジのように強烈に染み込んで忘れられないものとなって私の心に何層にも堆積していった。

戦争の記憶はとても鮮明であり、年月の経過とともに記憶に残っている残像は途方もなく増幅されて私の中でそれは確固とした揺るぎのないものになって像を結んでいる。事実か否かを問わず、それはまぎれもい真実として実感されるものになっている。しかし、客観的には多分無意識のかなりバイアスのかかったものになっているのではないか。

同様に椎名においても、出生の複雑さはさることながら、両親ともに自殺していることの重要さを思わずにはいられない。

二十二歳の時に母を、三十八歳の時に父を失った事実の重さを身に染みて思う。それは私と同様に椎名のなかでも逃れられない肉親の桎梏として存在しつづけたのではないか。私の中にある父の像とも重ねながら思う。

例えば最後の長編小説である『懲役人の告白』においても、特に登場人物長太郎において、如実に椎名麟三の父を私は見てしまうのであるが、椎名が意図したかどうかはさておいても全く理屈ではなくまさに視覚的なものとしてイメージして現前する。これも私の妄想の産物といえるのであろうか。

私は残念ながら生前の作家麟三を知らない。生身の呼吸に触れたことがない。幸いなことに二十一歳の大学生時代から亡くなるまで親しく交流されて、椎名麟三をご自分のライフワークともされている作家の田靡新氏に知遇を得て親しくご教示を得たこと。また姫路文学館に著作権所有者の大坪真美子氏より寄贈された作家椎名麟三の膨大で貴重な遺稿・資料を整理・デジタル化されて収蔵されているものを一部借用し活用させていただきました玉田克広学芸員様には適切なご助言と御指導を受けましたことを厚く感謝いたします。

なお、本書出版にさいしては神戸新聞総合出版センターには大変お世話になりました。感謝いたします。ありがとうございました。

令和四年三月　　中島妙子

私の履歴書

昭和九年十二月・・・・・兵庫県宍粟市山崎町に生まれる
昭和十六年四月・・・・・菅野国民学校に入学
昭和十六年十二月・・・・太平洋戦争勃発
昭和二十年八月・・・・・敗戦
昭和二十二年四月・・・・新制中学校入学
昭和二十五年三月・・・・新制中学校卒業

昭和三十三年四月・・・・兵庫県公立中学校教諭
昭和三十六年一月・・・・勤務地の中学校全焼
昭和三十六年四月・・・・尼崎市立公立中学校転出
平成六年・・・・・・・・兵庫県公立中学校退職
平成七年一月・・・・・・阪神・淡路大震災発生
平成二十三年・・・・・・姫路文化賞受賞
平成二十三年・・・・・・姫路市芸術文化年度賞受賞
令和二年・・・・・・・「姫路文学」姫路市芸術文化賞受賞

著書

詩集　メビウスの輪・メトセラの村・陽を食むほか
小説　空を舞う手・花贅・クロノスの庭
エッセイ　無像つれづれ
評論　椎名麟三の文学………ほか

椎《しい》名《な》麟《りん》三《ぞう》の文学《ぶんがく》

2023年2月20日　第1刷発行

著者・発行者　中島妙子《なかじまたえこ》

制作　神戸新聞総合出版センター
　〒650-0044　神戸市中央区東川崎町1丁目5番7号
　TEL 078-362-7140　FAX 078-361-7552
　https://kobe-yomitai/
印刷　株式会社 神戸新聞総合印刷
乱丁・落丁本はお取替えいたします

978-4-343-01173-2 C0095